Pierre Béhel

Le

Roman

Le violon

Cette oeuvre est la propriété exclusive de Pierre Béhel. Elle est protégée par les lois et conventions internationales en vigueur sur la propriété intellectuelle.

Pour les autorisations et conditions de diffusion, d'adaptation et de traduction, merci de vous reporter au site web de l'auteur qui précise les différentes licences disponibles.

Coordonnées et mentions légales sur le site web de l'auteur :

http://www.pierrebehel.com

Le violon

Retrouvez l'ensemble des oeuvres de Pierre Béhel sur son site web :

http://www.pierrebehel.com

Le violon

Le violon

Tous les personnages et toutes les situations présentés dans cet ouvrage sont de pure invention. Toute ressemblance avec des faits ou des personnes existants ou ayant existé serait purement fortuite.

Le violon

Chapitre 1

Sincèrement, je ne pensais pas être un jour initié à la Beauté. Je ne le désirais pas, je ne l'envisageais pas, je ne savais pas même la chose possible. J'ignorais jusqu'à l'existence de la Beauté.

Je ne parle pas d'une jolie femme, d'un beau paysage, d'une toile de maître ou d'une musique que l'on apprécie. Non, je parle de ce sentiment de beauté que l'on ressent brutalement, comme un coup de massue sur la tête, qui assomme, qui saisit, qui transperce.

La Beauté absolue, la plénitude de la Beauté. L'évidence de la Beauté. Comme lorsque certains ont ressenti, sans pouvoir rien en décrire, l'évidence de Dieu alors même qu'ils étaient sceptiques, incroyants voire athées militants. Voilà, c'est là, ça vous tombe dessus, c'est une évidence mais vous ne l'aviez jamais vue. C'est une révélation, une grâce qui vous est faite.

Cela a commencé, pour moi, par quelques notes de musique. Rien d'extraordinaire, pourtant. Je ne sais même plus de quel compositeur ou de quelle œuvre. Ces détails ne sont qu'accessoires.

Entre ses doigts, ce fut beau, simplement.

Je ne pris conscience de la Beauté que par petites touches. Mais elle avait envahi mon corps et mon esprit en totalité dès le premier instant. Mon corps était saisi par l'évidence de la Beauté. Mon esprit résista. Il ne voulait pas succomber. C'était trop inhabituel. C'était trop unique. C'était trop différent. C'était trop envahissant.

Etre subjugué fait peur. Et la peur est le moteur du rejet. Mon esprit rejetait de toute sa force l'évidence de la Beauté. Mais il dut bien, finalement, s'admettre vaincu.

La Beauté avait toujours été là, dès le début de la soirée. Non, elle avait toujours été là. Toujours. Depuis l'origine des temps. Elle apparaissait pour moi à ce plissement de l'espace-temps, cette soirée en ce lieu banal et avec des convives ennuyeux, mais cette révélation ne valait que pour moi. Elle était éternelle.

Son véhicule était un corps féminin magnifique. Plutôt, ce corps était magnifié par la Beauté révélée à cet instant. Depuis cet instant de la Révélation, j'ai eu tout le loisir de regarder ce corps. Il est certes joli mais rien de plus : être joli ne signifie pas atteindre la Beauté.

Non, la Révélation était issue d'une harmonie complexe. Quelques notes de musique, c'est à dire quelques ondulations de l'air obéissant à des lois mathématiques simples, avaient joué un rôle important, sans doute. La grâce faite femme aussi. Chaque élément de la scène pouvait revendiquer sa part. Mais le mystère n'était pas là, éparpillé dans de multiples composants isolés.

La Révélation était dans la sublimation de ces entités en une harmonie supérieure. Une harmonie ultime qui m'avait été révélée.

Le violon

Chapitre 2

Je peux bien l'avouer maintenant : je m'apprêtais à m'ennuyer au cours d'un dîner soporifique en compagnie d'imbéciles, de confrères concurrents et de vendeurs. Mais je vivais seul et, parfois, cette solitude me pesait. Alors, oui, sortir le soir pour participer à des mondanités professionnelles peut distraire, malgré tout.

Oh, bien sûr, être vétérinaire a au moins l'avantage d'apporter la compagnie des bêtes. Celles-ci sont, à bien des égards, de plus agréables compagnies que beaucoup d'êtres humains. C'est une banalité que cela, n'est-ce pas ? Cela n'empêche pas cette banalité d'être vraie. Malgré tout, des bêtes restent des bêtes.

Même si je m'émerveille des prouesses de tel chien ou du génie pervers de tel chat, je sais bien qu'un enfant humain de deux ans ferait mieux que le plus évolué des canins ou des félins. Je suis humain.

Certains éthologistes prétendent que les animaux domestiques se considèrent comme membres de la famille humaine qui les accueille et les nourrit. C'est probable, en effet. Parfois un chien ou un chat veut même devenir le mâle dominant et il convient que le maître rappelle sa propre position au risque de la perdre

11

définitivement. Malgré tout, nul chien, nul chat, nul poisson rouge ne sera jamais un humain.

Le pire, dans ma situation, c'est finalement que, comme être humain, je ne me contente pas de la compagnie de mes congénères. Je cherche aussi à rencontrer ce qui peut les dépasser, à connaître le plus qu'humain. Est-ce la même raison qui pousse un chien à rechercher la compagnie des hommes ? Qui le sait ?

Ce soir là, donc, un laboratoire que je n'ai pas besoin de citer nous invitait, moi et une centaine de confrères, à un dîner dans un grand restaurant de la ville. Ils avaient « privatisé » la grande salle comme on dit aujourd'hui et comme c'était noté sur l'invitation. Cette salle n'avait évidemment pas été nationalisée auparavant mais c'est ainsi que les vendeurs signalent que la totalité du lieu est réservée à la seule jouissance des convives qu'ils ont choisi.

La salle comprenait environ une quinzaine de tables de moins de dix convives. A chacune prenaient places des vétérinaires et au moins un vendeur. Une table un peu plus grande était réservée aux directeurs de cliniques qui dînaient avec le responsable régional du laboratoire.

Par le plus pur des hasards, je me retrouvais à une table presque à côté de celle de ces hommes importants, très près de l'espace laissé libre pour constituer une sorte de scène.

La soirée commença normalement par la présentation des nouveaux produits de l'entreprise tandis que l'on nous servait une première coupe de Champagne. Celui-ci ne cesserait pas de couler tout au long de la soirée. On nous avait remis une pochette (en cuir) comprenant les plaquettes publicitaires décrivant d'ailleurs chaque produit, avec quelques échantillons. Il était de bon ton de feuilleter ces documents durant la présentation en montrant bien que cela nous passionnait.

Au contraire des bêtes, les humains savent être hypocrites. Mais le Champagne était bon. Les petits fours froids et chauds aussi, d'ailleurs.

Mais revenons au fil de la soirée.

Pour faire venir tous ces praticiens fort occupés à une présentation commerciale, un bon dîner n'était pas suffisant. Bien sûr, il y avait eu le harcèlement téléphonique mené par des jeunes filles aux voix charmantes à qui l'on n'osait pas dire non. Mes consœurs ont-elles droit à des appels d'éphèbes ? Ce laboratoire s'informe-t-il sur nos orientations sexuelles et nos goûts en matière de voix sensuelles ? Il faudra que je me renseigne un jour.

Le violon

Le clou de la soirée était cependant constitué d'un concert de musique classique par une jeune vedette, une violoniste, dont je n'avais jamais entendu prononcer le nom.

Pour montrer la valeur de l'artiste, l'invitation comprenait des extraits laudatifs d'articles de presse spécialisée et une liste des prix obtenus à travers le monde par cette encore jeune personne.

Il se trouve que j'aime la musique classique et notamment le violon. Je me targue de posséder une discothèque bien garnie et je ne déteste pas, le soir, m'enfoncer dans mon fauteuil de cuir noir situé dans mon bureau-auditorium, au centre des hauts-parleurs de ma chaîne haute fidélité, un verre d'Armagnac à la main, que je chauffe dans ma paume avec douceur et que je vide lentement, tandis que résonnent quelques œuvres parmi les plus magnifiques qui furent un jour composées sur cette Terre.

Ces moments de volupté, je les aime intimes.

Cependant, j'apprécie aussi de me rendre dans des concerts publics, à l'opéra de la ville par exemple.

C'est ainsi que la promesse d'un bon concert d'une jeune violoniste soliste avait sans aucun doute joué un grand rôle dans ma venue ce soir là.

Le violon

Dès les premières notes, je l'ai dit, je fus subjugué. La beauté à l'état pur. La beauté à l'état sublimé. La Beauté absolue.

Les œuvres jouées n'étaient pas importantes. Moi qui reconnaît pratiquement tous les morceaux dès les premières notes, je suis encore aujourd'hui incapable de dire ce qui fut joué ce soir là.

Malheureusement, le concert fut bref. D'après ma montre, il dura moins d'une demi-heure.

Je pense que mon état sembla proche de l'extase car le vendeur à côté de moi le remarqua et, alors que les applaudissements finaux, après trois rappels, saluaient la prestation, il me glissa un bref « magnifique, n'est-ce pas ? » Je ne répondis pas, sauf d'un hochement de tête et d'un sourire qui m'échappèrent.

Je ne me souviens pas du reste de la soirée. On m'a dit ensuite que j'étais resté dans un bonheur suspendu, éloigné de cette Terre trop basse, mâchant les plats en silence tandis que les discussions allaient bon train. Mais qu'importe. J'avais connu la Beauté.

Le violon

Chapitre 3

Je ne me souviens pas plus de la manière dont je suis rentré chez moi. Je ne me souviens de rien du trajet. J'ai utilisé ma voiture, bien entendu. Et je n'avais pas bu plus que de raison, même plutôt moins que d'habitude.

J'étais simplement ailleurs, dans un autre monde plus haut que cette médiocre Terre. Je pense que mon cerveau a continué de fonctionner normalement, pratiquement en mode réflexe : je n'ai pas eu d'accident, nul n'est venu ensuite me reprocher d'avoir renversé quelque mamie ou jeune garnement, et ma voiture était intacte. Mais cette sorte d'état second m'a, le lendemain, inquiété. Car, en fait, je sais que je suis rentré chez moi simplement parce que je me suis réveillé dans mon lit le lendemain matin.

Et je ne me souvenais que de la Beauté.

Est-il bien utile de décrire dans quel état d'esprit je me rendis à mon cabinet ? Mon humeur fut exécrable toute la journée. Plusieurs clientes et ma secrétaire m'en firent la remarque. J'étais en manque de beauté. J'y avais goûté et je ne pouvais d'ores et déjà plus m'en passer.

Je ne m'attardais pas au cabinet le soir. Par chance, je pus finir pas trop tard. C'était assez rare, à cette époque, que je le fis mais, ce soir là, je laissais ma secrétaire fermer le cabinet tandis que je rentrais chez moi.

La distance entre mon domicile et mon cabinet n'était que de quelques centaines de mètres. Je faisais donc le trajet à pieds. En temps normal, ma voiture ne quittait pas le garage.

Ce n'est qu'au bout de cette journée de travail, en ayant franchi la lourde porte métallique perçant le haut mur de pierre qui ceinturait ma propriété, que je repris vraiment conscience du monde. Le crissement de mes pieds sur les petits cailloux blancs de l'allée constituait une musique discordante mais une musique malgré tout. Elle suffit à me ramener sur Terre en entrant en concurrence avec l'étrange beauté qui me hantait et me possédait depuis la veille.

Les différentes parties de mon cerveau se remirent à jouer ensemble comme doit le faire un bon orchestre. Elles se raccrochèrent les unes aux autres. La Beauté devint un souvenir de beauté, une conscience de beauté, un désir de beauté. Il n'y eut plus dichotomie entre un moi hautement élevé mais enfermé dans une prison étrange, avec la Beauté comme gardienne, et un moi les pieds sur Terre en train de travailler aux basses œuvres professionnelles. Toute ma conscience était réunie, unifiée, et souffrait. Elle souffrait de l'absence de beauté. Elle souffrait d'autant plus qu'elle se souvenait clairement des sensations liées à son supplice mais rien (ou si peu) de ce qui les motivait ou les entourait.

Je montais les quelques marches jusqu'au perron et me retournais, respirant vivement l'air frais de ce début de soirée comme si je n'avais plus vraiment respiré depuis une journée entière. L'herbe humide se mêlait aux champignons qui commençaient à se répandre ici et là. Je tonds de temps en temps ce que je persiste à appeler ma pelouse mais cet herbage n'a rien de commun avec ce qu'un citoyen britannique appellerait « pelouse ». On n'y serait pas surpris d'y croiser un troupeau de chèvres et quelques moutons. D'ailleurs, il m'est arrivé d'héberger, dans une partie close de ma pelouse, de petits herbivores appartenant à des clients. Il y eut en effet une mode, il y a quelques années, même dans les grandes villes comme celle où je réside, des moutons et des chèvres nains. Cela ne dura pas : ces pauvres bêtes ne se contentaient pas durablement d'une cour bétonnée et de foin. Toutes furent malades et finirent ou vendues à des paysans ou mortes de maladies variables que l'on pourrait assimiler à une somatisation de la dépression.

Entre la maison et le haut mur de pierre ceinturant ma propriété, l'herbage est planté d'arbres divers. Il y a quelques chênes et des pins surtout. Dans un coin, j'ai laissé pousser un buisson de ronces à baies : mûriers, framboisiers... J'en fais des alcools, des confitures, des plats (avec du canard notamment) et des pâtisseries.

L'herbe n'est barrée que de l'allée en cailloux blancs conduisant à la porte piétonne et de son homologue de béton reliant le garage au portail opaque et automatique dédié aux automobiles.

Lorsque je me retournais, sur le perron, respirant à pleins poumons, ce sont les odeurs de chaque habitant de ma propriété qui entrèrent dans mes narines.

Après le crissement de mes pieds sur les petits cailloux blancs, les odeurs me ramenèrent plus sûrement encore les pieds sur Terre.

J'étais de boue, debout au milieu de la boue peuplée de champignons, d'arbres et d'herbe humide.

Revenu sur Terre, je me retournais enfin et me décidai à pénétrer dans ma maison.

Celle-ci est bourgeoise et banale. On y trouve des meubles de bois vernis mais dans des tons assez clairs, selon des dessins assez modernes, sans tomber dans le meuble de chambre d'adolescent en pin. La décoration est minimale sur les murs blancs : quelques copies imprimées de toiles de maîtres classiques, des photographies de paysages prises au détour d'un voyage touristique... Rien qui ne soit extraordinaire.

Du moins en première approche.

J'avais acquis cette maison grâce à l'héritage perçu suite au décès accidentel et soudain de mes parents. Ceux-ci demeuraient loin. Nous nous aimions bien et leur décès m'attrista comme il convient.

A l'époque, j'habitais dans un petit studio au dessus de mon cabinet. L'argent que je touchais me permit de rembourser mes dettes et de m'offrir une maison de notable.

Je n'excluais pas, à cette époque, de procréer, ce qui impliquait de disposer d'une femme et de subir des enfants durant au moins une vingtaine d'années. Je dimensionnais mon logis en conséquence. Mais, rapidement, je m'aperçus que je faisais tout pour que mes aventures restent des aventures. Insidieusement, j'aménageais mon immense maison comme un château fort pour ma solitude.

Les femmes qui entraient ne restaient guère et je ne faisais rien pour les retenir. Bien au contraire.

Avec les années, les aventures se firent moins nombreuses. Je croisais de temps en temps quelques vieilles amies sans qu'aucune ne fut jalouse des autres bien qu'elles se connaissent toutes. Cela convenait à tout le monde, sauf aux maris qui ignoraient mon existence en dehors d'un vague « vieil ami vétérinaire avec qui je vais prendre un thé en compagnie de quelques copines ».

Il y eut en effet, plusieurs fois, dans ma salle à manger, une sorte de réunion de club, avec biscuits secs et thé, réunissant ces connaissances. Parfois, l'une ou l'autre restait la soirée ou juste une heure. Une fois, même, j'avais fait le nécessaire avec l'une, mariée, et qui devait retourner prestement chez elle, quand, la raccompagnant jusqu'à la porte, nous nous retrouvâmes nez à nez avec une autre de mes amies, restée à boire une tasse de thé en attendant son tour. Celle que je venais d'honorer partit en riant sans cérémonie tandis que je m'occupais de la seconde, célibataire et moins pressée. Nos réunions restaient cependant, en général, parfaitement chastes.

Bref, si j'appréciais la solitude, il ne me dégouttait pas d'être plus sociable. Ces jeux sont moins fréquents, aujourd'hui, les années ayant passé.

Mais tout cela restait au rez-de-chaussée, au plus dans ma chambre au premier étage. Il y a plusieurs autres chambres à ce niveau, qui servent rarement, et des combles qu'on pourrait aménager autrement qu'en grenier, mais ce n'est pas fait.

Le violon

Au rez de chaussée, il y a un ensemble cuisine et salle à manger avec coin salon qui occupe l'essentiel du niveau. Comme la maison est montée sur une cave à demi enterrée, le garage est en décroché, en bas de quelques marches. De ce fait assez haut, de pratiquement un niveau et demi, il comporte une sorte de mezzanine où je range diverses choses et qui dispose d'un petit atelier pour un peu de bricolage domestique des plus ordinaires.

Tout cela constitue, vous le voyez bien, une maison bourgeoise des plus normales.

Mais revenons au bout du couloir de l'entrée.

Il y a une porte verrouillée par un digicode. C'est assez inhabituel, n'est-ce pas ? Tellement, que le dit digicode est dissimulé comme la porte derrière une tenture de velours rouge. Pourquoi un tel digicode ? Parce que je déteste les clés. J'ai toujours peur de les perdre. Elles sont lourdes et percent les poches. Un code est nettement plus simple.

Descendons dans mon royaume secret, celui où mes visiteurs et visiteuses n'entrent jamais.

Ce fut une cave, jadis. Mais au contraire des combles, je l'ai aménagée. Les soupiraux ont tous été bouchés par des vitres, sauf pour délivrer l'indispensable aération avec un astucieux système de doubles grilles assez fines, chaque grille étant placée en décalage par rapport à l'autre.

L'objectif est de contribuer à l'isolement phonique et thermique du lieu.

Le sol a été bétonné puis couvert d'un parquet flottant pour l'essentiel de la surface, à savoir mon bureau-auditorium.

On y débouche directement en descendant par l'escalier derrière la tenture mais on se retrouve en fait derrière la grande armoire qui contient ma chaîne haute fidélité. Le rôle essentiel de cette armoire est de contribuer à l'isolement du lieu en empêchant les sons de résonner dans l'escalier.

J'ai eu l'occasion de vérifier l'efficacité de mes dispositifs. Ainsi, en pleine charge des Walkyries, je peux remonter dans la cuisine me chercher un en-cas sans entendre les forces du Walhalla se déchaîner sous mes pieds.

Au centre du bureau-auditorium, il y a donc mon fauteuil.

Sur un côté, il y a mon bureau, avec mon ordinateur, et une petite bibliothèque.

En face, il y a deux petites pièces séparées chacune de mon bureau-auditorium par une porte solide verrouillée par un nouveau digicode.

Dans chacune de ces pièces, il y a une partie de mon trésor. La première est fraîche et contient des vins qui vieillissent. Le sol est resté en terre, deux des soupiraux sont davantage ouverts.

La deuxième est presque vide et ne contient que divers alcools que je vais acheter en certaines quantités chez les producteurs, notamment une caisse ou deux d'Armagnac, à peu près autant de Cognac, de Calvados... Un stock, une fois constitué, dure évidemment plusieurs années.

Lorsque je veux jouir en mon royaume, je descends dans mon bureau-auditorium et je mets en route ma chaîne haute-fidélité. La musique se répand de manière optimale à partir de chaque coin de la pièce : les hauts parleurs ont été placés de la façon la plus parfaite possible afin que ma jouissance soit totale. J'ai aussi su mettre le prix dans cet équipement.

Le soir du lendemain de mon initiation à la Beauté, je voulus, après avoir été ramené sur Terre et être rentré chez moi, me préparer un repas. Et je vis, négligemment jeté sur la table de la salle à manger, le dossier remis par le laboratoire pharmaceutique.

Il y avait aussi l'invitation précisant le programme exact de la soirée.

J'avais par réflexe mis les échantillons au réfrigérateur, comme il convient, et je les y retrouvais à côté d'un peu de charcuterie et de fromage blanc.

Mais, en mangeant, je restais obnubilé par le dossier du laboratoire pharmaceutique.

Il y avait là, entre ces quelques pages, tout ce qui restait de tangible de mon initiation à la Beauté. A la lecture répétée de chaque descriptif de produit j'associais une musique du Paradis.

Chapitre 4

Je passais la soirée dans mon bureau-auditorium, ayant emporté le dossier du laboratoire pharmaceutique. Je fis quelques recherches sur Internet concernant les produits dont on m'avait gratifié d'échantillons. Je pris quelques notes des commentaires postés ici ou là par des confrères. Pour l'un des produits, je tombais sur une information étonnante. Mais n'allons pas trop vite en besogne.

Tout cela n'avait que pour but de me distraire. Je désirais mais je ne voulais pas commettre ce qu'enfin je finis par faire.

Je fis une recherche sur Internet à propos de la jeune artiste qui m'avait initié à la Beauté. J'en vis des photos. Et je finis par arriver sur une page où on annonçait sa tournée. Elle donnait plusieurs concerts, durant une semaine, dans notre ville, à compter du lendemain.

Je réservais aussitôt un billet pour ce premier concert.

Dès cet instant, mon destin était scellé.

Le violon

Le violon

Chapitre 5

Le lendemain, je dînais tôt et légèrement puis je me rendis au concert qui débutait à vingt-et-une heure trente.

Bien entendu, je connaissais déjà bien cette salle qui servait d'opéra à la ville. L'acoustique y est de qualité. Et il n'y avait ce soir là aucun commercial pour m'ennuyer avec ses produits qu'il convenait d'acheter. Malgré tout, j'entrai avec nervosité. Je dirais même que j'y entrai avec peur. Oui, de la peur. Peur d'être déçu ? Sans doute. Mais plus sûrement peur d'être de nouveau subjugué sans pouvoir revenir sur Terre.

Je croisai un confrère accompagné de sa femme. Il me fallut les saluer. Comme moi, il avait beaucoup aimé cette soliste et voulait en faire profiter son accompagnatrice. « Comme moi » avait-il dit. J'avais acquiescé. Mais, dans son regard, en le comparant au mien, je sus aussitôt que ce n'était pas le cas. De nous deux, j'étais le seul à avoir été subjugué. J'étais le seul à avoir peur de rentrer dans la salle de concert. Le seul à hésiter à repartir aussitôt sans assister au spectacle.

La sonnerie appelant le public retentit. Il y eut une clameur de plaisir et la foule se dirigea vers les entrées. Et la foule m'emporta. Et la foule m'emmena jusqu'à mon fauteuil. Je ne guidais pas mes pas. Je ne pouvais pas choisir. Le Destin avait choisi pour moi. Le Destin s'était incarné en cette foule. Il allait me frapper par ce concert.

La lumière baissa. La salle fut bientôt quasiment dans l'obscurité. Puis le spot de poursuite saisit l'entrée de la scène côté jardin.

Elle apparut dans une longue robe blanche satinée à l'encolure ronde et aux manches courtes. Ses cheveux demeuraient sages et sombres, rassemblés en une queue de cheval parfaitement peignée. Elle portait son violon en me donnant l'impression qu'il était son enfant. Elle sourit.

La salle applaudit. J'étouffais.

Elle se dirigea vers le centre de la salle, s'inclina sous les applaudissements.

Puis elle commença.

Durant une partie du concert, un pianiste l'accompagna. Mais je ne me souviens guère de lui.

Ma pire peur s'était concrétisée. Elle jouait. J'étais au Paradis. Et mon paradis était un enfer.

Enfin, la foule se leva. Je dus en faire autant. Mais je devais être pâle car l'un de mes voisins me demanda si j'allais bien. Je fus surpris. Je lui répondis par l'affirmative en le remerciant, poliment, mais je quittai aussitôt ma place.

Le violon

Une fois sur le trottoir, je dus m'appuyer sur un mur, sur le côté du théâtre. Je respirais fort durant plusieurs minutes. Mon cœur battait la chamade.

Mais mon destin était scellé.

Je courus jusqu'à l'entrée. Il restait, au guichet, une vendeuse qui proposait surtout des disques de l'artiste, notamment celui de la tournée en cours. J'achetais la collection complète. J'y ajoutais un ticket pour le concert du lendemain.

« Eh bien, cela vous a plu ! » s'exclama la vendeuse.

« Beaucoup », lui répondis-je avec un sourire.

Je dus payer en liquide : ils n'acceptaient pas la carte bancaire ou les chèques. Heureusement, ma confusion mentale m'avait fait oublier de déposer la recette du jour que j'avais dans mon porte-feuille. Tous les clients ne payent pas en liquide, bien sûr, mais c'est encore très souvent le cas.

Le lendemain, j'y retournais comme un suicidaire condamné à mort monte au supplice. J'ignorais si je devais me réjouir ou me désoler. Mon supplice dura une soirée supplémentaire. Une fois de plus, je fus au Paradis comme les damnés sont en Enfer.

Le violon

Malgré les répétitions d'une soirée sur l'autre, j'étais à chaque fois subjugué.

J'assistais ainsi à chaque concert, à raison d'un par soir, durant une semaine. Sans vraiment le vouloir, je payais à chaque fois en liquide et j'achetais mon billet dans des endroits différents, selon le moment de la journée où ma tension nerveuse craquait en faveur d'un nouveau supplice. Je ne rencontrais plus personne de connaissance.

Chapitre 6

Le dernier concert de cette artiste dans notre ville eut lieu un vendredi soir. J'y étais, bien entendu. Mais, en sortant, je fus de nouveau assailli par des sentiments contradictoires : d'un côté le soulagement de ne plus connaître ce supplice affreux d'être dominé par la Beauté, de l'autre la peur d'être privé de cette Beauté. J'avais eu le temps, dans la semaine écoulée, d'écouter les disques achetés le premier soir : c'était certes de bon niveau mais je ne retrouvais pas cette fascination globale qui m'animait lors des concerts.

Le samedi, le Destin me frappa de nouveau. Car une telle suite de hasards ne put pas être purement aléatoire. C'est le Destin et le Destin seul qui voulait ma perte.

J'étais sorti le midi en décidant de m'accorder une pause déjeuner un peu longue. Ma secrétaire elle-même me trouvait fatigué depuis une dizaine de jours et s'inquiétait de ma santé. Je profitais aussi d'une absence de clients en début d'après-midi.

Je décidais d'aller manger dans une brasserie près de la cathédrale, pas très loin de mon cabinet.

Or, sur le parvis, j'aperçus au loin mon héroïne, ma drogue, qui pénétrait dans l'édifice. Je décidais en un instant de l'y suivre, sans mesurer toutes les conséquences de mon geste.

Quand j'entrais moi-même, je la trouvais au milieu de la nef en train d'admirer les voûtes et les vitraux, tenant en main un appareil photographique. Je ralentis mon pas pour ne pas attirer les regards. Et il ne fallait pas effrayer le doux oiseau que je pourchassais.

Mais en fait d'effrayer, c'est moi qui avais peur. J'en étais transi. J'étais épouvanté à la seule idée d'approcher cette douce jeune femme, si menue lorsqu'elle ne portait pas son violon. Je subissais surtout l'angoisse dû au poids du destin. Je la pourchassais jusque dans la maison de Dieu. Mais pour quoi faire ? L'approcher, lui parler ? Je savais toujours davantage, à chaque pas m'approchant d'elle, que c'était insuffisant.

Le Destin m'avait happé et m'emmenait là où il voulait sans que mon libre arbitre soit sollicité.

Je n'étais plus qu'à quelques centimètres d'elle. Son dos m'impressionnait plus que mille montagnes à escalader. Je levais une main, voulant un instant lui signaler ma présence par un geste sur son épaule. Mais c'était trop impoli, trop impossible de la toucher.

Alors je parlais.

« Mademoiselle ? »

Le violon

Elle se retourna, souriante, habituée sans doute à être reconnue par quelque fan. Son sourire se figea tandis que mes yeux se noyaient dans son regard. Le silence dura une éternité. C'est elle qui le brisa.

« Oui ? Que puis-je pour vous ? »

C'était la première fois que j'entendais sa voix. Je me liquéfiais. Elle était douce mais forte comme une rivière de montagne franchissant des alpages en bondissant, déferlant et usant les rochers sans jamais dépasser l'épaisseur d'une cheville. J'y sentais une méfiance.

« Excusez-moi de vous déranger mais j'ai assisté à tous vos concerts de la semaine... »

« Vous êtes vétérinaire, n'est-ce pas ? »

« En effet... »

« Je vous ai remarqué lors de ce dîner au début de ma présence dans la ville. Vous étiez fasciné par la musique comme rarement on le voit de la part des spectateurs dans un tel gala professionnel. Et vous n'étiez pas loin de l'endroit où je jouais. Je vous ai reconnu ensuite chaque soir, dans la salle, lorsque celle-ci se rallumait et que je saluais. Parfois même, dans un reflet du spot de poursuite, je vous apercevais. J'ai même cru un instant, un soir, que je vous avais inventé et que je devenais folle. »

« Je suis désolé de vous avoir perturbé. Je... Je ne vous connaissais pas avant le gala du laboratoire mais je suis un amateur de musique classique. Et, en allant déjeuner en sortant de mon cabinet, je vous ai aperçue entrant dans cette cathédrale. »

« Si vous avez le programme du concert, je peux vous le dédicacer, si vous voulez... »

« Je n'avais pas prévu de vous croiser mais j'aimerais beaucoup, en effet, que vous y consentiez. Puis-je vous inviter à dîner ? »

« Je dois prendre le train de nuit vers vingt-deux heures. Le gros de mes bagages est déjà parti ce matin pour chez moi. Mais j'aime me promener quelques heures au lendemain d'une série de concerts avant de repartir, une fois la tension épuisée. J'avais certes prévu de dîner en ville mais de bonne heure, vers dix-neuf heures, afin d'avoir digéré lors du départ du train. Si vous travaillez... »

« Cela me convient tout à fait. Mon cabinet ferme à dix-huit heures. Qu'est-ce qui vous ferait plaisir ? »

« J'ai l'habitude de manger assez léger le soir, comme du poisson grillé et un dessert à base de fruits. »

« Oserais-je vous inviter chez moi ? J'ai, dans mon congélateur, des filets de truites et je me vante de réussir dignement une sauce beurre blanc citronnée. Et ma cave comporte quelques vins blancs... »

« Vous avez osé, en effet » sourit-elle.

Le violon

Elle s'amusait de ma gêne sans y reconnaître le signe de notre destin. Nous parlâmes assez longtemps, à voix basse vu le lieu. Je lui disais ma conscience subjuguée, mon initiation à la Beauté. Elle rougit.

Elle accepta finalement notre dîner chez moi. Je convenais de venir la chercher à son hôtel en voiture à 18h30 : elle y aurait récupéré ses derniers bagages et les aurait avec elle pour que je la conduise ensuite directement à la gare. Elle me promit de signer le programme et chaque album que j'avais achetés.

J'eus du mal à manger après l'avoir quittée et avant de rejoindre mon cabinet.

L'après-midi se passa simplement. Je fis tout pour dissimuler mon trouble. Je ne parlais à personne de ma rencontre, ni, bien entendu, de notre dîner. Un chien s'en rendit compte, fut troublé et faillit me mordre. L'incident me ramena sur Terre.

Le violon

Chapitre 7

Quand j'arrivais auprès de son hôtel, j'eus juste à m'arrêter à sa hauteur et à ouvrir la porte passager de ma place : elle m'attendait sur le trottoir désert par ailleurs. Elle posa son violon et un petit sac de voyage sur la banquette arrière et nous nous serrâmes la main. Nous devisâmes joyeusement durant les quelques minutes du trajet.

Il n'était pas rare qu'un fan l'invite à dîner ou à boire un verre. Moins rare encore qu'elle soit noyée sous des tonnes de fleurs qu'elle était obligée d'abandonner dans la ville où elle se trouvait. En général, les fleurs finissaient, à sa demande, dans une église, un temple, un hôpital ou un orphelinat, selon l'endroit.

Nous continuâmes de discuter pendant que je préparais le repas dans ma cuisine « à l'américaine ». Elle apprécia mes filets de truites au beurre citronné, ma compote de pommes et poires à la cannelle et le vin que je lui servais.

En ouvrant mon réfrigérateur pour terminer sur un verre d'une liqueur de baies rouges maison que j'y conservais, je tombais nez à nez avec mes échantillons remis lors de la soirée du laboratoire pharmaceutique. C'était le Destin. Sans hésiter, sans faiblir, sans être conscient de ce que je faisais,

Le violon

je laissais faire le destin. Je versais dans son verre l'un des produits et lui remis avant que nous trinquions.

40

Chapitre 8

Il nous restait du temps, beaucoup de temps. Je l'emmenais dans mon bureau-auditorium, là où nul n'avait jamais pénétré en dehors de moi-même. J'avais trouvé le prétexte de lui montrer l'endroit où j'écoutais de la musique tout en lui permettant de tenir sa promesse de dédicacer le programme et chaque pochette de disque.

« Vous êtes tout de même extraordinaire : c'est la première fois que je vois une telle pièce dédiée à la seule écoute de la musique » me dit-elle en signant au marqueur toutes les surfaces de papier glacé que je lui présentais.

Je l'invitais à s'asseoir dans mon fauteuil et je lançais ma chaîne haute fidélité. J'avais choisi une œuvre orchestrale, pour ne pas l'obliger à se comparer avec un autre soliste ou, pire, à s'écouter elle-même.

Elle me demanda bientôt si cela me ferait plaisir qu'elle joue dans cette pièce qui la fascinait. Je lui exprimais par des mots maladroits que mon bonheur serait alors absolu. Elle sourit. Je remontais au rez-de-chaussée le temps d'aller chercher son violon et je lui remis comme on transmet le Saint Sacrement.

Le violon

Elle se leva, posa l'étui sur une étagère et l'ouvrit. Elle s'empara de son violon et m'invita à prendre place dans mon fauteuil.

Et elle se mit à jouer.

Chapitre 9

Mon regard était pointé sur elle mais semblait viser l'infini. Elle me sourit. Je ne la voyais plus ni ne l'écoutais : j'étais saisi par la Beauté, une beauté globale, un immense tout qu'on ne pouvait décomposer en un corps de musicienne, des gestes de mains courant sur un instrument, une musique divine... Chaque élément était joli mais seule la globalité atteignait la Beauté.

Ma fascination était totale. J'entrais pratiquement en transe, comme à chaque concert. Mais, ici, j'étais chez moi. Je n'avais pas peur. Je n'avais plus peur. Je pouvais m'abandonner à la jouissance de la Beauté. J'étais chez moi et cette beauté était mienne. C'était là mon destin. Notre destin.

Mais la beauté fut soudain brisée. Le regard de sa messagère devint vitreux. Il y eut une fausse note. Je la vis se maudire. Se secouer la tête. Elle trébucha alors qu'elle n'avait pas cherché à marcher. Elle marmonna un « excusez-moi ».

Le destin s'accomplissait. Notre destin. J'eus peur.

D'un geste, je rattrapais le violon et l'archet dans une main en les plaquant contre sa poitrine tandis que je la retenais dans mon autre bras.

Le violon

Je l'assis dans mon fauteuil. J'allais poser le violon dans son étuis avant de revenir l'installer au mieux.

Son expression était neutre. Elle était muette. Elle semblait aveugle mais ses yeux étaient ouverts, regardant loin derrière moi, comme si l'armoire de ma chaîne haute fidélité, l'escalier, les murs, n'existaient pas, comme si nous étions au sommet d'une montagne.

Je m'agenouillais à ses pieds et la pris sous les aisselles pour mieux la centrer dans le siège. Elle ne réagit pas. Je posais ses bras sur ceux du fauteuil. Puis je m'emparais de ses deux jambes pour les redresser, afin que son dos ne soit pas tordu.

Mes mains passèrent alors sur ses chevilles. Ses bas étaient doux sous mes doigts.

J'étais à ses pieds. Elle trônait dans mon fauteuil comme une reine ou, mieux, comme une déesse qui aurait droit de vie et de mort sur le médiocre sujet, l'indigne disciple, qui se traînait en l'implorant de sa pitié : qu'elle daigne éclairer de sa beauté l'infâme et traître serviteur que j'étais.

Elle n'avait aucune conscience de moi. Notre destin était en route mais moi seul le savait, moi seul en avait conscience. Je me reculais, pour admirer l'abomination que j'avais commise, lui allongeant les jambes en gardant ses pieds dans mes mains.

Le violon

Alors j'éclatais en sanglots. La Beauté m'avait saisi mais je l'avais capturée par traîtrise, droguée.

Je ne voulais pas la perdre.

J'implorais son pardon en me prosternant. Mes mains se posèrent sur ses cuisses, mon visage vint se perdre entre ses genoux, détrempant ses bas avec mes pleurs. Mon regard ne quittait pas le sol.

Elle n'était qu'indifférence et majesté. Son âme ne s'abaissait pas à prendre conscience de moi.

Le violon

Chapitre 10

Enfin, je sortais de ma prostration. Je ne devais pas la perdre et la drogue employée ne produirait pas ses effets éternellement.

Comment la garder ? Comment la retenir ? Comment l'empêcher de fuir, de partir par le monde partager cette beauté que je voulais pour moi seul ?

Mon regard fit le tour de la pièce. Je me refusais à l'attacher. La Beauté exigeait qu'elle joue. Et on ne joue pas entravé.

La cave à vins était exclue. C'était une pièce froide, au sol en terre battue et avec trop de bouteilles. La seconde cave, celle où je plaçais mes alcools, convenait mieux.

J'allais l'ouvrir. Je l'inspectais. L'endroit était sec, propre, aéré sans qu'il soit froid. Il n'y avait que quelques caisses à déplacer. J'entrepris aussitôt de le faire. Les bouteilles d'alcools vinrent rejoindre celles de vins.

Elle n'avait pas bougé.

Me mordant les lèvres de crainte, je montais rapidement au premier étage. Dans une chambre inutilisée, je trouvais un lit pour une personne. Je m'emparai de son matelas et m'empressai de le descendre dans la cave.

Je ne sentis pas l'essoufflement, le poids, l'encombrement. Je n'avais nulle conscience de ma force ou de ma faiblesse. La nécessité absolue me faisait passer outre.

Je ne sais pas combien de temps je mis à descendre le matelas et le placer sur le sol de la petite cave. Je haletais. Je dus m'appuyer contre un mur quand ce fut fini.

Mon regard apeuré se posait sur elle en permanence.

Mais, elle, elle ne daignait pas bouger. Je n'existais pas. Mon monde n'existait pas à ses yeux. Elle était ailleurs. Sa beauté ne pouvait descendre dans ma boue.

Enfin, je vins m'agenouiller devant elle, les joues trempées de larmes comme un pêcheur confesse sa faute à son dieu. Je saisis ses pieds dans mes mains, lui caressant les chevilles. Je lui embrassais les genoux en la suppliant, en répétant en boucle comme un mantra « pardon, pardon, pardon ».

Je me plaçais alors sur son côté gauche et la pris dans mes bras. Sa tête se rejeta en arrière, faute de tonus musculaire. Sa bouche ouverte semblait crier au sacrilège mais aucun son n'en sortait. Sa voix n'était pas de ce monde.

J'allais la poser sur le matelas.

Le violon

Je vérifiais que son cœur battait normalement en prenant son pouls. Je gardais sa main dans les miennes.

Le violon

Chapitre 11

Nous étions samedi soir. J'avais tout mon temps : mon cabinet est évidemment fermé le dimanche. Je restais là, à genoux, ses mains dans les miennes, attendant qu'elle reprenne conscience, mes yeux noyés de larmes.

L'heure du train fut dépassée sans même que je m'en rende compte. Il me sembla qu'elle sombrait dans un sommeil normal mais, au bout de plusieurs heures, elle reprit conscience. Il devait être aux environs de minuit.

Elle tenta de retirer ses mains des miennes tout en cherchant une explication à ce qui lui arrivait. Elle remua le corps, se rendant compte qu'elle était allongée sur un matelas, dans une petite pièce qu'elle ne connaissait pas, avec son fan à genoux et pleurant à côté d'elle.

« Mais où suis-je ? Que s'est-il passé ? »

Sa voix était pâteuse.

« Voulez-vous un verre d'eau ? »

« Oui, je veux bien... »

Je me rendis dans la pièce d'à côté et revins avec le verre demandé.

Elle s'était assise sur le matelas, le dos contre le mur de la cave, les bras amorphes et bougeant avec difficulté la tête. Elle tentait de comprendre où elle était et ce qui était arrivé.

Elle but et me remercia. Je récupérais le verre et allais le poser à sa place, dans la pièce contiguë.

« Mais que s'est-il passé ? Et mon train ? Où suis-je ? »

Je lui pris les mains avec douceur, comme pour lui annoncer une terrible nouvelle. Dans un sens, c'était d'ailleurs le cas. Mon regard s'emplissait à nouveau de larmes.

Elle me regardait, ses yeux semblant poser les questions qu'elle ne savait pas prononcer.

Tout d'un coup, son regard évolua en quelques secondes. D'interrogateur, il devint intense, comme animé d'une réflexion rapide et impitoyable alimentée des bribes de souvenirs qu'elle devait conserver de la soirée. Puis il devint dur et haineux.

« Vous... Vous... »

Elle balbutiait. La rage était née de la compréhension.

« Vous m'avez droguée ! » réussit-elle enfin à dire.

Il y eut un silence.

Je la regardais, peiné et malheureux.

Je lis une hésitation dans ses yeux. Comme le voile d'une expression d'un doute affreux, comme si elle craignait d'avoir injustement accusé d'un crime abominable celui qui, en fait, l'avait sauvée.

Mais je ne pouvais pas accepter qu'elle se torture ainsi.

Alors, j'avouais. Un seul mot suffit.

« Oui. »

Le violon

Chapitre 12

Je ne pus rester. Elle s'était mise à pleurer. Elle allait bien. J'étais rassuré. Je ne pouvais plus supporter de rester en sa présence. Ma culpabilité me pesait.

L'interrupteur de la lumière était dans la pièce. Je lui dis avant de sortir et de refermer la porte. Je lui demandais de dormir, lui annonçant que je viendrai la voir le lendemain. Je lui promis de tout faire pour son confort.

Mes mots se perdirent sans doute dans ses larmes, dans ma gorge serrée, dans le bruit de la porte que l'on ferme, de la serrure qui se verrouille, dans l'épaisseur du bois...

Je retournais m'asseoir dans mon fauteuil. Je m'y effondrais.

Le violon reposait dans son étuis. Il me faisait face, sur une étagère du meuble où résidait ma chaîne haute-fidélité. Je l'y laissais. Je n'étais pas prêt à m'en saisir. Il n'était pas à moi.

J'entendis ma prisonnière pleurer.

J'avais du mal à respirer. La tête me tournait. Des crampes me paralysaient. Il me semblait que je pesais des tonnes. Ma tête était effondrée en arrière, enfoncée sur le dossier. Mes bras étaient collés aux accoudoirs.

Je peinais à soulever ma poitrine pour faire rentrer de l'air dans mes poumons. Une douleur m'y frappait. Je craignis un instant de mourir d'une crise cardiaque. Mais non : je continuais juste de souffrir.

Je l'imaginais, dans un délire qu'un drogué aurait appelé un « bad trip », allongée sur le matelas, les mains lui couvrant un visage noyé de pleurs.

Sa douleur était ma douleur. Sa peine était ma peine. Son destin était mon destin. Notre destin. Il ne pouvait pas en être autrement. C'était trop tard. Cela avait toujours été trop tard pour qu'il en soit autrement, même si je ne le savais que depuis quelques jours.

Au bout d'un temps que je ne saurais estimer, je finis par m'endormir d'épuisement.

Je ne l'entendais plus lorsque je glissais dans un sommeil de délivrance. Est-ce que ma conscience avait juste censuré ses pleurs ? Sans doute, plutôt, avait-elle cédé à l'épuisement avant moi.

C'est ainsi que nous passâmes notre première nuit partagée, séparés par un mur et une porte épaisse. Je conservais pour l'heure la garde du violon qui était la source, sans aucun doute, de nos malheurs.

Je ne garde pas de souvenirs de rêves que j'aurais fait cette nuit là. Je crois ne pas en avoir fait. La réalité était à la fois un cauchemar et un rêve. Elle suffisait.

Le violon

Chapitre 13

Le matin, c'est elle qui me réveilla. Elle tambourinait à la porte de son cachot. Elle me suppliait : « je vous en prie, je vous en prie... »

Je parvins à me lever. L'oppression qui m'écrasait dans mon fauteuil avant mon sommeil avait disparu.

J'entendais ses vêtements se froisser, ses bas se frotter l'un à l'autre, son bassin se déhancher en faisant marteler ses chaussures sur le sol. Pourquoi cette danse de Saint Guy ?

« Oui ? » lui dis-je au travers de la porte.

« Je vous en prie... J'ai besoin de... »

A cette instant, la pression de ma propre vessie me fit comprendre.

« Je m'en occupe. Je vais chercher ce qu'il faut. »

Je ne sais plus quels mots exacts j'ai employés mais c'était là le sens général.

Il se trouve que je disposais de divers appareillages destinés à des malades ou des handicapés dans mon garage. Je les avais gardés après en avoir eu besoin quelques années auparavant, suite à une fracture de la jambe qui m'avait immobilisé quelques temps dans ma chambre.

Le violon

Je fis le nécessaire le plus vite possible, sans oublier de saisir au passage du papier hygiénique.

Quand j'ouvris la porte, je vis son visage décomposé par la douleur et la gêne. Elle était pratiquement pliée en deux et animée d'une danse étrange sans rythme identifiable. Ses cheveux emmêlés constituaient une sorte de jungle lui conférant une beauté sauvage que je ne pris pas le temps d'admirer.

Elle recula sans résister même si elle eut un regard incrédule quand j'entrais avec, devant moi, une chaise percée métallique, munie d'un seau, telle qu'on en installe dans les chambres de personnes âgées ou handicapées. Cet équipement était aussi confortable que possible : je le savais pour l'avoir utilisé dans mon propre malheur. Je posais à côté, sur le sol, le rouleau de papier hygiénique.

Je ressortis en lui souriant et refermai la porte.

Je me rendis ensuite moi-même aux toilettes soulager ma propre vessie.

Dès le premier matin, je pris ainsi soudainement conscience de mille détails pratiques qu'il me faudrait gérer. Je n'y avais nullement songé jusqu'alors.

La nourrir, certes, cela allait de soi.

Le violon

Mais le point qui me gênait le plus était justement tout ce qui tournait autour de l'hygiène. Il lui faudrait des vêtements propres, pouvoir se laver...

Je fus soudain pris de panique.

Le Destin avait été fou. Il fallait que cela cesse. Il fallait qu'elle rentre chez elle. Il fallait...

Non, c'était trop tard. Je devais assumer mon destin, notre destin. Avec toutes ses conséquences.

Le violon

Chapitre 14

Ma journée du dimanche fut entièrement consacrée à ces mille détails pratiques que je dus gérer dans l'improvisation la plus totale. J'installais ainsi dans le sous-sol, derrière mon fauteuil, une petite table et deux chaises pour que nous puissions manger ensemble.

Je trouvais dans mes réserves une sorte de guéridon, une cuvette, un broc... J'installais tout cela le dimanche matin dans son cachot tandis qu'elle restait prostrée sur son matelas, me regardant à peine. Il faisait froid dans cette pièce conçue pour juste conserver des bouteilles d'alcool. Je trouvais un vieux radiateur à gaz que j'employais jadis en camping ou en dépannage. Je lui installais un peu avant midi. Profitant d'une prise électrique, je lui branchais une bouilloire.

Enfin, je lui annonçais que j'allais préparer le repas et la quittais pour le faire. Je veillais tout d'abord que la table de mon sous-sol soit couverte d'une nappe blanche et parfaitement dressée comme pour un repas de fête.

Quand je revins la chercher, je vis qu'elle était restée prostrée sur le matelas. Elle était assise, le regard dans le vague, le dos posé contre le mur.

Le violon

Je m'agenouillais face à elle et lui pris les mains dans les miennes en forçant mon sourire. Elle daigna alors me regarder, en silence mais avec haine. Je ne supportai pas ce regard et baissai les yeux. Nous restâmes ainsi en silence quelques instants.

Enfin, je trouvais le courage de me redresser. Elle, elle n'avait pas bougé. Elle continuait de me regarder de la même façon.

« Venez » lui demandais-je avec un ton suppliant.

Je me levais tout en conservant ses mains dans les miennes. Elle se laissa se faire lever, me forçant à fournir tout l'effort nécessaire.

Une fois debout, elle accepta de marcher devant moi alors que je la guidais vers la table. Je lui tirai une des chaises et la fis s'asseoir.

Je m'assis face à elle.

J'aurais voulu lui dire quelque chose mais ma gorge resta nouée. Elle continuait de me regarder avec haine, en silence, droite sur sa chaise, sa coiffure en désordre et ses vêtements froissés seulement la distinguant d'une juge présidant le tribunal chargé de me condamner sans appel. Ses mains étaient croisées au dessus de son assiette, ses coudes posés sur la table comme ceux d'un enfant mal élevé. Le signe de sa révolte.

Enfin un premier mot parvint à franchir mes lèvres.

« Je... »

Puis le silence.

C'est elle qui le rompit.

« Combien de temps allez-vous ainsi me retenir ? Vous savez que j'ai des engagements dans d'autres villes et d'autres pays. »

« Je ne sais pas. Je n'ai pas pu faire autrement. Il fallait que je vous garde. Pour moi seul. »

Je tentais de sourire mais les mots sortaient tellement difficilement de ma gorge torturée que ma souffrance devait se voir.

« Vous êtes fou » fut son diagnostic, asséné violemment, sans que son ton laisse envisager la possibilité de la moindre contestation.

Je me contentai de baisser la tête. J'acquiesçai.

Brutalement, elle se leva avec un cri rauque, sauvage, rejetant sa chaise qui tomba par terre. Elle avait pris un couteau. Un très beau couteau à viande en inox ouvragé issu de mon plus beau service. Elle l'avait pris sur la table, à côté de son assiette.

Elle recula doucement, me menaçant avec son arme, émettant encore parfois de petits cris de haine. Je ne bougeais pas. Je me contentais de la regarder. Elle jetait des petits regards derrière elle pour se guider.

Quand, à reculons, elle parvint à côté de l'armoire, je me levai. Elle bougea le couteau devant elle de la façon la plus agressive qu'elle put. Sa coiffure et sa tenue lui donnaient un air plus sauvage qu'une violoniste de son talent ne pourrait jamais l'être.

Elle se retourna et se mit à courir dans l'escalier pour monter au rez-de-chaussée.

La veille, elle était descendue par cette voie. Elle savait où elle était et comment était conçue ma demeure.

Mais la porte était verrouillée, commandée par un digicode. Elle était surtout blindée.

Je vis, du bas de l'escalier, cette femme que j'admirais plus que tout au monde devenir hystérique, frapper la porte à grands coups de poings.

Sans bruit, je me portais à son niveau et lui pris les deux poignets, la forçant à se retourner pour me faire face. Son visage était décomposé, couvert de larmes. Elle n'avait plus la force de crier.

Je lui pris le couteau et elle me le laissa sans résister. Alors, je l'enlaçais, lui portant son visage sur mon épaule, tentant de la consoler.

Le violon

Je l'entendis pleurer comme jamais je n'avais entendu quelqu'un pleurer.

« Je suis désolé, je suis si désolé » lui répétais-je sans cesse, comme un mantra.

Au bout d'un certain temps que je suis incapable de préciser, elle sembla se calmer. Peut-être simplement par épuisement. Je l'entraînais vers le sous-sol, la tenant affectueusement par la main.

Je la fis rasseoir à sa place. Elle posa ses mains sur la table tout en restant droite sur sa chaise.

Son regard était désormais perdu, anéanti, désespéré. Il ne haïssait plus : il n'en avait plus la force.

Je reposais son couteau à la place adéquate sur la table. Elle le prit dans sa main comme si elle découvrait pour la première fois un tel objet, bouche bée.

« Vous me redonnez le couteau ? Êtes-vous à ce point fou ? »

« Vous avez pu voir que vous ne pourriez pas vous enfuir. »

« Je pourrais vous tuer. »

« C'est vrai. »

« Cela ne vous gêne pas ? »

Le violon

« Non. Ce serait un juste châtiment dont je ne pourrais pas vous blâmer. Et il serait encore plus juste que vous soyez mon bourreau. Je dois même vous dire que j'aimerais peut-être que vous me tuiez... »

« Mais cela ne me ferait pas sortir pour autant. »

« En effet. »

« J'aurais juste un cadavre sur les bras. »

« Et plus de repas » lui souriais-je en lui servant l'entrée.

Elle regarda ce que je mettais dans son assiette et sourit. Oh, ce n'était pas un sourire amusé ou affectueux. C'était un sourire ironique, sans aucun doute.

Je l'ai déjà noté ici : je suis plutôt bon cuisinier. Elle n'eut jamais à se plaindre de la nourriture.

A partir de ce moment là, nous mangeâmes ensemble trois fois par jour : le matin, le midi et le soir. Je venais la chercher dans son cachot quand tout était prêt et je l'y reconduisais après le repas, avant de débarrasser.

Du point de vue pratique, nous trouvâmes assez spontanément un mode de fonctionnement convenable. Le seau de sa chaise percée lui servait à vider sa cuvette. Elle faisait chauffer l'eau pour se laver à partir du broc que je lui fournissais tous les matins. Je lui achetais des vêtements à sa taille et diverses affaires au fil des jours, faisant sa lessive en même temps que la mienne.

Mais n'allons pas trop vite en besogne.

Le violon

Chapitre 15

Notre premier après-midi, nous le passâmes tout d'abord séparés. Il fallait que je lave et range la vaisselle et que je termine les mille préparatifs de son séjour.

Dès lors qu'il me fallait pouvoir circuler entre le sous-sol et les autres niveaux, voire sortir, je prenais bien sûr la précaution de l'enfermer. Elle le comprit très vite et, finalement, l'admit assez facilement. Physiquement, j'étais bien plus fort qu'elle. Elle ne tenta qu'une fois de ne pas rentrer dans son cachot alors que je l'y conduisais : juste après notre premier repas commun. Elle se débattit. Je la retins. Je la suppliai de cesser ses gamineries. Elle comprit et renonça. Elle se laissa enfermer.

Dans l'après-midi, je lui fournis une brosse à cheveux et un peigne. Quand j'entrai en les portant, elle était assise sur le matelas qui, désormais, portait un drap et des couvertures. Je la vis sourire pour la première fois depuis la veille au soir. Elle m'arracha les objets des mains. Aucun merci. Aucun son ne sortit de sa gorge. Elle se rassit au même endroit, dans la même posture, le dos sur le mur. Mais elle entreprit de se coiffer en souriant. Elle ne me regarda pas une seule fois. Elle m'ignorait. Je ne pus que rester et l'observer. L'admirer, même. Elle reprenait, en quelque sorte, par ces quelques gestes d'une banalité totale, sa place dans l'humanité, quittant la sauvagerie barbare de la fille hirsute qui m'avait menacé d'un couteau.

Quand elle eut fini, elle posa la brosse et le peigne à côté d'elle, sur le sol, ses jambes m'en séparant. Puis elle défroissa au mieux son chemisier tout en chassant les cheveux qui s'y étaient déposés.

Mais aucun mot ne fut échangé.

Enfin, elle resta là, immobile, le dos contre le mur, les jambes tendues jusque sur le sol, assise au travers de son lit de fortune, les yeux fixant un horizon de béton qu'on aurait cru infini en suivant son regard, perpendiculaire à ma propre vue.

Au bout de quelques minutes, comprenant qu'elle ne bougerait plus et m'ignorerait, je quittais la pièce à reculons, fermant doucement la porte derrière moi, comme si ce cachot était la chambre d'un jeune enfant que je venais de coucher. Juste au moment où la gâche de la porte allait toucher son logement, elle eut un bref et rapide regard vers moi, dur, haineux, inquisiteur. Cela ne dura pas : elle vit que je continuais de la voir et retourna la tête vers le mur face à son buste.

Quand la porte fut vraiment fermée, elle se leva aussitôt. Elle s'assura qu'elle était verrouillée puis j'entendis qu'elle utilisa sa chaise percée.

Le violon

Je fis toujours attention, en venant la chercher ou faire quoique ce soit dans son nouveau logement, de frapper à la porte et d'attendre quelques instants. Au début, la plupart du temps, elle ne me répondait pas, sauf s'il ne fallait pas que je rentre. Dans ce dernier cas, un sec « une minute » suffisait à me retenir. Je retentais ma chance quelques instants après.

Le violon

Chapitre 16

Notre premier soir commun avait été curieux et atypique : elle était droguée, moi sous le choc.

Je voudrais maintenant parler de notre vrai premier soir, le lendemain, le dimanche.

J'avais œuvré toute la journée pour lui créer un logis acceptable dans cette petite pièce qui n'était nullement conçue pour cela. J'étais fatigué et même nerveusement épuisé.

Assez curieusement, depuis qu'elle s'était recoiffée, elle semblait sereine, calme et douce. Elle aurait pu rentrer sur scène pour jouer durant tout un concert : elle n'aurait pas été plus impassible.

Quand je vins la chercher pour notre dîner, le premier depuis que je la détenais enfermée, je lui ouvris la porte, la trouvai dans sa position rigide sur son matelas, et lui annonçais sur le ton le plus badin possible que le dîner était prêt. Elle se leva sans un mot, passa devant moi sans même me frôler et vint s'asseoir à ce qui était désormais sa place.

Entre nous, les plats exhalaient leurs odeurs délicieuses mais elle resta sur la réserve la plus totale, le dos carré contre le dossier de sa chaise droite. Impassible et froide.

Elle mangea en silence, sans même faire transparaître une émotion. Trouvait-elle cela bon ou au contraire immangeable ? Il était impossible de le savoir.

Son regard allait et venait en fonction des nécessités, se portant à son assiette ou au vague dans le lointain. Il pouvait aller vers moi mais sans s'arrêter pour me prendre en considération. Elle avait le même regard que les gens que vous croisez dans les transports en communs : ils vous regardent mais ne vous voient pas. Et il en est de même pour vous.

Impassible, froide.

Silencieuse, glacée.

Après ses pleurs, sa violence, quelques heures à peine auparavant, elle avait adopté une autre attitude, une autre stratégie.

Espérait-elle me dégoûter de la garder ? Peut-être. Elle me signifiait surtout sa haine.

Je mangeais en face d'elle mais je ne pouvais pas dire que je mangeais avec elle.

Nous n'échangeâmes aucun mot. Les quelques paroles que je prononçais, banales, pour lui demander si elle aimait les plats, si elle se sentait bien, si elle aurait aimé du vin (je n'en avais pas amené) restèrent sans le moindre écho, sans la moindre réponse.

Je songeais au *Silence de la Mer*, de Vercors. J'étais un officier envahissant l'espace vital d'une innocente, recevant par son silence la leçon de mon crime.

A la fin du repas, je me levais en m'essuyant la bouche avec ma serviette. Elle ne bougea pas, attendant des instructions à la manière d'un automate ou d'une femme soumise et trop bien élevée. Ses mains étaient juste posées sur la table et elle attendait on ne sait quoi.

Je toussais tout en la regardant mais elle ne bougea pas d'un millimètre. Elle avait réussi à contrôler le réflexe qui consiste à toujours se tourner vers la source d'un bruit surprenant. Elle me fascinait mais je voulais la faire craquer. Je voulais retrouver la femme qui m'avait donné la Beauté à découvrir.

Elle le savait.

Je pris en main l'étui du violon, l'ouvrit et lui présentai de là où j'étais, à côté de mon fauteuil.

Elle avait forcément reconnu le son de l'ouverture, ce petit claquement à chaque fois que l'on fait jouer le mécanisme de chaque petite serrure, le grincement quand le couvercle se soulève.

Elle n'avait pas bougé. Même pour son violon.

Je prononçais, enfin, après avoir toussé pour m'éclaircir la voix : « aimeriez-vous jouer quelque chose ce soir ? »

Elle s'essuya la bouche avec sa serviette. Se leva. Elle ne me regarda pas, choisissant ostensiblement de se retourner dans l'autre sens avant de se diriger vers sa cellule restée ouverte et de claquer la porte derrière elle.

Je refermai l'étui et le remis à sa place tandis que des larmes coulaient sur mes joues.

Chapitre 17

Je dormis mal, bien entendu, après cette drôle de soirée. Au matin, on signala à la radio la soudaine disparition de mon *invitée*. Elle n'était pas suffisamment célèbre pour que cela fasse les gros titres ou la première page des journaux, en dehors d'un appel à témoins dans la presse locale. Ses bagages étaient arrivés chez elle, réceptionnés par sa concierge mais, elle, elle avait bien disparu quelque part entre son hôtel et chez elle. Avait-elle prise le train ? Sa couchette avait été occupée par un voyageur, en tous cas, ce qui semblait signifier qu'elle avait bien quitté notre ville. Je remerciai l'inconnu usurpateur. Cela me rassura que la police cherche ailleurs.

Je fis cependant toujours attention à continuer de faire mes courses habituelles, avec ma carte de crédit, dans les magasins que je fréquentais depuis toujours. Il était impossible de raisonnablement s'apercevoir que j'achetais plus de nourriture qu'auparavant.

Pour les achats qui lui étaient destinés spécifiquement, je payais toujours en liquide, dans des magasins différents, avec de l'argent issu de la caisse du cabinet tout en respectant strictement ma comptabilité. Je déposais moins à la banque que ce

 Le violon

que je gagnais, c'est tout. Et la différence étant faible, elle ne pouvait pas paraître suspecte.

Le lundi matin, donc, j'allai chercher mon *invitée* d'assez bonne heure car je devais retourner à mon cabinet pour travailler. Elle ne dormait pas ou plus mais était restée sous ses couvertures. Quand j'ouvris, elle était allongée sur le dos, regardant dans la direction opposée à la porte afin de ne pas risquer de croiser mes yeux.

Je lui signalais que le petit déjeuner était servi.

Voyant ses vêtements pliés sur le sol, je refermais presque la porte et m'éloignais, de telle sorte qu'elle put sortir d'elle même une fois habillée. Ce petit cérémonial fut ensuite le même chaque matin.

Elle vint s'asseoir à sa place et se servit de l'eau chaude dans laquelle elle mit à tremper un sachet de thé vert choisi avec soin dans la boîte ouverte sur la table, parmi une vingtaine de thés différents présentés chacun dans un petit casier.

Elle ignora la cafetière dont je me servis aussitôt, tout comme le sucre. Elle choisit successivement plusieurs toasts et une marmelade anglaise pour les accompagner.

Quand elle eut fini, gardant toujours la même attitude glacée et silencieuse que le dimanche soir, elle s'essuya la bouche avec sa serviette, se leva et retourna d'elle même dans sa cellule avant d'en fermer la porte, plus doucement que la veille, comme si elle claquait simplement la porte de son appartement.

Elle était chez elle. J'étais un intrus.

Le violon

Chapitre 18

Nos petits cérémoniels quotidiens s'étaient ainsi mis en place dès la première journée de notre cohabitation, en dehors de ce que je vais raconter dans les pages qui viennent.

La semaine qui suivit le basculement de notre destin, je fus toujours visiblement fatigué mais, progressivement, je dormis de nouveau normalement la nuit. La fatigue -et même le stress- finirent par disparaître. J'avais simplement de nouvelles habitudes pour mes repas, comme manger dans mon sous-sol en une silencieuse compagnie. Mais cela acquérait progressivement la force et le confort d'une habitude.

Mon cabinet marchait plutôt bien et je n'avais guère l'occasion de m'ennuyer dans la journée. Toujours actif, préoccupé du sort de tel ou tel animal, devant rassurer ou au contraire accompagner une difficile décision d'un propriétaire, je n'avais guère le temps de penser à celle qui habitait contre son gré dans mon sous-sol.

Nous partagions un destin et trois repas par jour. C'était tout.

Plusieurs fois, je lui demandais si elle souhaitait des livres ou de quoi s'occuper, si elle avait un désir particulier que je pouvais satisfaire

Le violon

pour lui plaire (en dehors de la libérer bien entendu). Elle ne me répondit jamais.

Si, le soir, je prenais l'initiative de me diriger vers l'étui du violon, je ne l'avais pas encore atteint qu'elle s'était levée, avait soigneusement essuyé sa bouche avec sa serviette et était repartie dans sa cellule en fermant sa porte. J'y renonçais assez vite.

Alors, dès le premier mardi ou peut-être le premier mercredi -je ne sais plus bien-, je pris l'initiative de m'installer dans mon fauteuil et de passer l'un ou l'autre de ses disques. Cette muflerie était, en quelque sorte, ma réponse à son insultant silence.

Je le faisais en sachant bien que, malgré la porte nous séparant, elle ne pouvait qu'entendre la musique. Et je le faisais en cultivant la volupté à l'envie : buvant à petites gorgées un verre d'un de mes Armagnacs que je réchauffais dans le creux d'une main, me remémorant les concerts auxquels j'avais assisté.

Chaque soir, je fermais les yeux et tentais de retrouver la fascination qui avait été la mienne. Mais, chaque soir, la déception était là. Cette déception me gâchait le plaisir certain qui, malgré tout, me saisissait.

Dès les premiers jours, j'avais veillé à ce qu'elle dispose de vêtements de rechange. J'avais lu

84

Le violon

les étiquettes de ceux qu'elle portait, le lundi matin
en venant la réveiller, pour ne pas commettre
d'erreur de taille. Je m'efforçais de conserver un
style. Elle ne fit jamais de difficulté pour se vêtir
de ce dont je la munissais. Et je m'occupais autant
de la lessive que du repassage, de la cuisine
comme du ménage, de notre bien curieux couple.

Le violon

Chapitre 19

Le soir du troisième samedi, un peu lassé de ce petit jeu pervers et de son silence perpétuel, mon ton s'était fait plus acide dans mon monologue. Je ne lui reprochais rien : je n'étais pas en position de pouvoir le faire. Quelque part, je savais que j'étais fautif, que je lui volais sa vie, ses concerts, sa carrière. Mes questions furent plus ironiques, n'appelant aucune réponse car je faisais les réponses autant que les interrogations, gardant un sourire mauvais en coin.

Une fois qu'elle eut fini de manger (et moi aussi), elle se contenta de porter son regard vers moi, vers au delà de moi, en fait, tout en gardant les mains sur la table et le corps bien droit. Mes sarcasmes n'entraînaient aucune réaction de sa part.

Alors j'eus une réaction de colère. Je frappais des deux poings sur la table en hurlant, en jurant, en l'insultant. J'étais le bourreau et elle la victime mais c'était moi qui ne supportais pas la situation. Il y avait là quelque chose d'incompréhensible, d'irrationnel, d'anormal, de révoltant.

Je me levais, me tournant vers l'étui du violon comme si j'allais tenter de m'en saisir. Elle se mit aussitôt debout tout en s'essuyant la bouche avec sa serviette.

Le violon

Mais je ne la laissais pas revenir calmement dans sa cellule.

Au lieu de me diriger lentement vers le violon, je bondis et fis le tour de la table en un éclair et je la retins par les épaules en éructant de rage un son inarticulé et sauvage.

Elle se contrôla presque parfaitement. Sa bouche voulut émettre un cri de détresse mais sa gorge fut mieux dirigée. Pas un son, pas une plainte. Elle s'immobilisa, debout, droite, sans même un mouvement de recul, sans le plus petit signe de peur.

J'étais face à elle. Mes mains tenaient fermement chacune de ses épaules. Je lui faisais mal, impossible qu'il en fut autrement. Mon regard furieux devait contenir mille poignards. Elle tentait, quant à elle, à toute force, de garder un regard froid et distant, se focalisant sur quelque infini derrière moi. Mais je voyais ses yeux trembler. Elle restait malgré tout impassible, debout, le corps droit.

« Vous, vous... » répétais-je sans cesse en un abominable bégaiement.

Cela dura plusieurs minutes. Une éternité.

C'est elle qui prit l'initiative.

Le violon

Ses bras ballant s'animèrent. Sa main droite remonta au niveau de mes yeux tout en faisant jaillir de la manche longue de son chemisier un couteau pris sur la table. Son regard ne changea pas. Au plutôt, les quelques traces de peur que j'avais cru y déceler disparurent.

Elle parla alors en gardant un ton égal, calme, glacial. S'adressait-elle vraiment à moi ? Oui, sans aucun doute. Mais son regard ne daigna pas s'intéresser à moi.

Elle saisit le couteau par la lame et me tendit le manche juste au niveau de ma poitrine tout en demandant : « voulez-vous me tuer ? »

Mes bras tombèrent le long de mon corps. Je cessais de la regarder avec haine pour préférer porter mes yeux sur le manche métallique. Avec incrédulité.

« Non ? » demanda-t-elle.

Je ne dis rien.

« Me violer peut-être ? »

Elle retroussa sa jupe, découvrant ses cuisses gainées de son collant noir. Je la stoppais avant qu'elle n'aille plus loin. Je me jetais en effet à ses pieds, mes mains saisirent les siennes, stoppant la progression du tissu. Le couteau tomba bruyamment sur le sol.

Le violon

Mon visage vint s'abîmer sur son ventre, mouillant son chemisier de mes larmes. Je la serais dans mes bras mais je n'avais que ses cuisses gainées de Lycra à saisir. J'émettais des sons incompréhensibles, des onomatopées, des cris, des hurlements de douleur.

Elle ne dit plus rien et attendit.

Quand, enfin, je fus prostré, épuisé, que je l'eus lâchée, que je regardais ses pieds ou le sol en achevant mes plaintes désormais inaudibles, je vis ses jambes reculer d'un pas puis faire le tour de moi. Elle retourna dans sa cellule, m'ignorant comme on ignore un réverbère sur un trottoir, et elle ferma doucement la porte.

Chapitre 20

Le dimanche, nous prenions un petit déjeuner plus copieux et soigné qu'à l'habitude mais aussi plus tardif. Le lendemain de l'incident que je viens de relater, je dormis tard. Alors que je m'apprêtais à aller la réveiller et lui signaler que le petit déjeuner était servi, je restai un instant le poing levé devant sa porte au lieu de frapper comme tous les matins.

Je n'avais pas pris de précaution particulière. Elle ne pouvait que m'avoir entendu m'approcher ou, déjà, préparer le petit déjeuner. Elle savait que j'étais là.

Au lieu de frapper, au lieu d'entrer, au lieu de l'inviter à venir partager en silence mon petit-déjeuner, je me dis que des mesures de rétorsion pourraient peut-être venir à bout de sa résistance. Je me mis à lui parler au travers de la porte, en parlant assez fort pour qu'elle m'entende distinctement.

« Et si je ne vous nourrissais qu'en échange d'un concert ? Ou si je vous laissais crever dans cette cave infâme, de faim et de froid, en vous retirant les couvertures et le chauffage, la chaise percée et le matériel de toilette ? Vous avez toutes les raisons de me haïr, je le sais. Mais moi, je ne peux renoncer à la beauté à laquelle vous m'avez initiée. Je ne peux pas renoncer. Si vous persistez, j'en mourrais, j'en suis sûr. Ce sera votre vengeance, bien sûr, une vengeance méritée et un châtiment amplement adapté à mon crime mais vous mourrez alors aussi sûrement que moi. Lentement. Si lentement. »

Je m'éloignais de la porte.

Je tournais tout d'abord dans la cave comme un lion en cage. Puis je m'avisais du violon, resté à sa place depuis deux semaines. Je m'en saisis et l'apportais à table.

Ensuite, j'allais la chercher comme si de rien n'était. Elle était sous ses couvertures, comme d'habitude. Je ressortis, la laissant s'habiller en amenant la porte tout contre le chambranle pour qu'elle puisse venir me rejoindre quand elle serait prête. Elle le fit, elle aussi comme si de rien n'était.

Elle se servit un thé blanc, comme elle aimait parfois.

Mais, en reposant l'eau chaude, sa main tremblait. Je portais mon regard à son visage déformé par la douleur où coulaient à torrents les larmes. Elle me regardait plus avec peine et désespoir qu'avec colère. Et elle caressait l'étui du violon comme on peut caresser un jeune chiot.

Le violon

« Lorsque je vous ai découverte, j'ai eu la révélation de la Beauté. Elle était composée de vous, de vos gestes, de votre violon, de la musique, de mille autres choses mais elle était un tout, une globalité. Pouvez-vous comprendre cela ? Avez-vous eu une seule fois une telle expérience ? »

Elle fit un signe de tête pour acquiescer à ma question. Une fois. Deux fois. La troisième fois, elle put hurler.

« Oui. Oui. Oui, je sais. Comment croyez-vous que l'on puisse être ainsi musicienne de concert ? Savez-vous quels efforts j'ai dû consentir, à quelle vie je me consacre, quels vœux j'ai dû prononcer ? Où trouverais-je donc la force de tout cela si ce n'est dans cette révélation que j'espère retrouver à chaque instant où je joue ? »

Je la laissais marquer une pause. Elle s'enfouit le visage dans ses mains. Sa tête fut soulevée de spasmes réguliers.

Enfin, je lui posais la question.

« Consentiriez-vous à jouer ce matin ? »

Elle se redressa. Malgré ses yeux rougis, ses joues flétries, sa chevelure en désordre, elle se redressa sur sa chaise, tentant un instant de retrouver un visage impassible et un regard lointain.

Mais elle échoua. Elle était redevenue la sauvageonne qui avait tenté de me tuer, le premier dimanche. Elle me fusillait d'un regard plein de haine.

« Non » hurla-t-elle avec une colère trop longtemps contenue.

Elle se leva brutalement, rejetant sa chaise loin derrière elle.

« Non » hurla-t-elle de nouveau.

Elle recula d'un pas.

« Ce serait vous récompenser de votre perversité et un sacrilège pour la Beauté. Je vous maudis et vous condamne à ne plus connaître une extase comme celle dont vous rêvez. »

Elle s'enfuit dans sa cellule et claqua la porte.

Chapitre 21

Au déjeuner, nous mangeâmes en silence. En quelque sorte, tout était redevenu normal. Elle retourna d'elle-même dans sa cellule peut-être plus rapidement qu'auparavant mais c'est la seule chose qui advint d'extraordinaire.

L'étui du violon, pourtant, était resté là mais elle n'y accorda aucun regard. Plus exactement, elle se détourna de lui par un acte incroyable de volonté. Par moment, je la surpris avoir un début de geste de la main ou bien un soupçon de mouvement des yeux dans sa direction mais elle se reprenait aussitôt.

Il en fut de même le soir et les jours suivants. Plus le temps passa, plus elle se contrôla et, bientôt, je ne pus surprendre chez elle la moindre faiblesse.

Nous mangions désormais pour l'essentiel en silence.

Le soir, je m'accordais régulièrement de nouveau des pauses musicales dans mon bureau-auditorium comme jadis, comme si elle n'était plus là. Je variais les œuvres, les styles, les compositeurs, les époques...

Comme elle persistait à m'ignorer, je décidais en quelque sorte de lui rendre la pareille et de mener ma vie comme si elle n'était pas dans une cellule de ma cave. Comme si je ne l'avais pas rencontrée. Comme si elle n'existait pas. Comme si elle n'avait jamais existé. Comme si je n'avais jamais été initié à la Beauté. Comme, comme, comme... Comme si la réalité n'était pas ce qu'elle était.

La semaine suivante, le mardi je crois, j'entrais le matin dans sa cellule avec le violon toujours dans son étui. Je posais ce dernier sur le sol, à côté de ses vêtements pliés.

Elle ne me regardait pas. Elle ne me regardait jamais, restant sous ses couvertures en silence, allongée sur le dos.

Je lui annonçais donc ce que j'avais fait.

« Depuis maintenant un mois, je vous prive de votre violon et vous ne voulez pas en jouer pour moi ou en ma présence. Je le mets donc à votre disposition pour que vous puissiez en jouer lorsque je ne suis pas là, que je travaille. »

Elle ne répondit rien mais j'aperçus, sous la couverture, sa main droite avoir un mouvement vers son épaule gauche, comme si, par réflexe, elle s'apprêtait à animer un archet qui n'existait pas. La main gauche eut un bref hochement, sans doute au niveau du poignet.

Encore une fois, elle se contrôla prestement. Elle redevint immobile, silencieuse et sévère.

Le violon

Nous prîmes ensuite notre petit-déjeuner dans le silence habituel. Son expression n'évolua aucunement malgré ce cadeau ou, plutôt, cette restitution.

Rien ne se passa de notable durant ensuite plusieurs semaines.

Le violon

Chapitre 22

Le temps passa ainsi. L'étui du violon comprenait quelques partitions mais très peu, quelques pages tout au plus. Lorsque j'en eu l'occasion, à plusieurs reprises, j'achetais discrètement de nouvelles partitions pour violon, des œuvres qu'elle avait déjà enregistrées ou jouées en concert mais aussi des morceaux qui devaient être nouveaux pour elle.

Lorsque j'entrais dans sa cellule, cependant, l'étui du violon était toujours fermé et à la même place. De même, les partitions semblaient ne jamais bouger : le tas restait là où je l'avais posé, dans l'ordre où j'avais placé chacune.

Restait-elle allongée sur son matelas toute la journée en mon absence, immobile et sage ? Comment était-ce possible ?

Alors je m'amusais à changer la place des éléments. Un jour, le violon était placé contre le mur. Le lendemain, je le mettais dans l'autre sens, voire derrière la porte. Je permutais les partitions dans le tas. Mais jamais je ne remarquais ensuite le moindre signe pouvant faire penser qu'elle avait utilisé son violon : tout était toujours à la même place que celle où je l'avais mis.

Le violon

Six mois passèrent ainsi. Elle devait trouver le temps long. Mais j'étais au moins autant têtu qu'elle. Elle était ma prisonnière. Elle était mon otage. Et il était impossible que je n'obtienne pas ce que je voulais.

Certains soirs, tout en écoutant la musique enregistrée envahir mon bureau-auditorium, en buvant un alcool fort, je réfléchissais.

Une seule chose me faisait peur, au fond : l'idée qu'elle meure. Qu'elle se laisse mourir de faim ou de froid. Ou même qu'elle dissimule un couteau dans sa manche et qu'elle s'en serve pour s'ouvrir les veines. Mais, depuis l'incident où je m'étais retrouvé à genoux face à elle, je veillais à ce que les couverts soient bien sur la table lorsqu'elle se levait et je le vérifiais toujours ostensiblement tandis qu'elle se mettait debout.

Si j'avais voulu son corps, tout aurait été simple. J'étais plus fort qu'elle et j'aurais pu la violer comme elle m'avait invité à le faire, par défi. Avait-elle compris que je n'en ferais rien ? Ou bien avait-elle pris un risque pour prendre un ascendant moral supplémentaire ? L'avait-elle espéré, au fond, pour pouvoir me cracher à la figure que je n'étais qu'un pervers sexuel comme tant d'autres, un violeur, un raté, un incapable de mener la moindre séduction, un rétif à tout sentiment et à toute beauté ?

Le violon

Que cherchait-elle et qu'espérait-elle ? Comment parvenait-elle à tenir ?

Ma réflexion sur le viol réveilla cependant un désir sexuel qui s'était enfoui depuis que j'avais été initié à la Beauté. Et, puisque je m'étais résolu à mener ma vie comme si je n'avais jamais connu mon invitée, je repris contact avec l'une de mes vieilles connaissances. Nous correspondions bien sûr de temps en temps par courriel ou par téléphone mais je l'appelais un après-midi sur son téléphone mobile et je lui fis explicitement une proposition sexuelle.

Nous avions déjà couché ensemble maintes fois mais elle était mariée. Et comme je ne voulais plus que cela se passe chez moi, je lui demandais explicitement, son consentement à de nouveaux jeux communs étant acquis, que nous fassions l'amour dans son lit conjugal.

D'abord, elle fut surprise. Durant quelques minutes, en dehors de quelques onomatopées, elle resta sans voix. Le fait que tout se passa chez moi avait toujours été implicite.

Enfin, elle me posa une question simple : pourquoi ce désir soudain ? Sans perdre le moins du monde mon calme, je lui répondis : « parce que je veux cocufier ton mari en ayant le sentiment de le faire. Je veux te baiser dans les draps où tu dors avec lui. Ca m'excite et je suis las de me priver de ce petit plaisir. »

J'entendis un petit rire pervers dans le téléphone. Je sus que j'avais gagné.

Moins d'une semaine plus tard, nous profitâmes d'une absence du mari, que je ne connaissais pas, pour nous adonner aux jeux de Vénus durant tout un samedi après-midi dans le lit même où ils allaient dormir le soir. Les draps étaient ceux dans lesquels ils avaient dormi la veille. Je sentais leurs odeurs mêlées derrière la chevelure de ma conquête.

Je ne demandais rien mais je savais que, la veille, ils avaient fait l'amour dans le même lit, les mêmes draps. Il y a des sueurs qui ne trompent pas. Mais, malgré tout, elle eut de l'appétit. Peut-être même la veille avait-elle eu aussi un appétit décuplé par l'idée de notre rencontre du lendemain.

Nous passâmes plusieurs heures ensemble sans nous reposer, en dehors de quelques minutes où j'étais autorisé à poser ma tête sur ses seins tandis qu'elle me caressait les cheveux. Et puis nous nous relancions dans un nouveau jeu.

Enfin, il fut l'heure qu'elle se préoccupe d'aller rechercher ses enfants à la fin de je ne sais quelle activité sportive puis son mari à la gare.

Elle me demanda juste un peu d'aide pour changer la literie : elle aurait dû la laver durant l'après-midi mais elle s'était dit que nous y coucher participerait à la satisfaction de mon fantasme. Je souris. Cela évitait surtout à son mari de sentir ma propre sueur et de voir le doute s'immiscer dans son esprit. Sa femme si gourmande avait tout ce dont elle rêvait à domicile et n'allait nullement chercher ailleurs le moindre étalon, c'était évident. Elle s'en alla d'ailleurs prendre une douche après m'avoir mis à la porte gentiment mais fermement.

Je refis ainsi le tour, en quelques semaines, de toutes mes conquêtes, couchant à chaque fois chez elles, dans leurs lits. Les plus nombreuses étaient célibataires et il n'y avait aucune difficulté. Et puis elles se connaissaient toutes, se téléphonant régulièrement, et ma nouvelle lubie fut rapidement connue avant même que je n'ai fait le tour complet de mon petit cercle d'amies intimes. Tout était déjà arrangé avant que je n'appelle.

Le violon

Chapitre 23

Les années allaient-elles passer comme les mois ? Quand je rentrais chez moi, tout était comme si je vivais seul. J'avais même remplacé le matelas retiré d'une des chambres de l'étage pour fournir la couche de mon invitée. Quelqu'un entrant chez moi à l'improviste n'aurait rien remarqué. Jamais un son ne remontait de la cave. Mon invitée savait qu'il était inutile de crier, que ma cave était bien isolée et que ma demeure était au milieu d'un grand jardin entouré de hauts murs. Et même si elle avait crié, et que par hasard ou malchance quelqu'un se soit trouvé au rez-de-chaussée, il est peu probable que le son de sa voix lui serait parvenu de façon audible.

Je continuais de dormir dans ma chambre et son grand lit que je chauffais seul.

De même, presque chaque soir, après dîner, j'écoutais de la musique, assis dans mon fauteuil. Ou bien je travaillais sur mon ordinateur situé dans le même bureau-auditorium, par exemple pour faire ma comptabilité ou bien échanger par courriels avec des amis, des confrères et de vagues connaissances.

Je suivais le plus souvent l'actualité mais la disparition de mon invitée cessa rapidement d'intéresser les journaux. Elle n'était pas assez célèbre et nul indice ne permettait d'avoir le moindre soupçon me concernant. Ou même concernant quiconque. Nul rebondissement, nul détail salace. La vie passée de mon invitée était réglée comme un métronome et rien ne pouvait attirer quelque chien galeux chasseur de scoop. Peut-être même la police avait-elle abandonné plus ou moins l'enquête.

Je restais donc avec ma prisonnière sur les bras et un souvenir d'initiation à la Beauté dans la tête.

Je concevais de la situation une évidente frustration mais je m'assurais que celle-ci ne transparaissait en aucun cas dans ma vie ordinaire à l'extérieur de ma cave.

Tous les matins, tous les midis, tous les soirs, nos cérémonials étaient bien réglés et, en dehors des quelques incidents que je peux relater ici ou là, il n'y avait nul dérangement dans ceux-ci.

Elle persistait donc la plupart du temps dans son silence et son indifférence glacée.

Mes sentiments étaient variables au fil des moments.

Je la haïssais, bien sûr, d'ainsi me priver de la Beauté que, pourtant, je semblais mériter par les risques que j'avais pris et par mon statut de gardien, de preneur d'otage, de maître. La situation était entre mes mains. Sa vie même. Un simple couteau... Elle ne pourrait pas me résister si je décidais de l'éliminer. J'étais bien plus fort physiquement qu'elle. J'aurais pu la violer aussi, comme elle m'avait presque prié de le faire.

Mais je l'admirais aussi. Elle demeurait impassible, insensible à toute menace. Elle jouait avec sa vie. Elle m'avait même invité à la violer, voire à la tuer. Elle jouait, oui, mais comme une parfaite joueuse de poker. Elle savait qu'elle était la véritable maîtresse de la situation malgré les apparences. Elle savait ce que je voulais et ce que jamais je ne ferais, même si j'en avais le pouvoir objectif. Mais jusqu'où resterais-je rationnel ? M'étudiait-elle pour savoir si j'étais sur le point de craquer ? Réussirait-elle à déterminer jusqu'où ne pas aller trop loin ? Prenait-elle vraiment le risque que j'appuie sur le bouton rouge de la bombe atomique, la tuant et, peut-être, me suicidant juste après ?

Alors je devais bien admettre, à chaque fois que j'y pensais, que je l'aimais de l'amour le plus fou, le plus grand, le plus absolu que jamais je n'avais vécu.

Elle m'avait initié à la Beauté. Elle était l'incarnation de celle-ci.

Le reste ne comptait pas. Il ne pouvait pas compter même s'il me frustrait dans tous les sens de ce verbe.

Le violon

Dans son cachot, ni le violon, ni les partitions, ne semblaient bouger, être utilisés.

Mais que faisait-elle toute la journée ?

Aucun être humain ne pouvait ainsi rester enfermé dans la plus absolue des inactivités et demeurer sain d'esprit.

Plus que sa mort, je me mis à redouter sa folie. Son décès me priverait à tout jamais de tout espoir de connaître de nouveau la Beauté. Sa folie aboutirait au même résultat que son décès mais avec l'inconvénient de devoir gérer une malade mentale jusqu'à la fin de mes jours ou des siens.

A la frustration vint donc, au fil du temps, s'ajouter l'angoisse. Comment tout cela pourrait-il finir ? La tragédie était inévitable.

Chapitre 24

Puis vint un soir que je redoutais : le même laboratoire m'invita de nouveau à un repas-concert avec les discours commerciaux d'usage. J'avais de nouveau eu les appels insistants de charmantes jeunes femmes. Quelque part, je craignais autant que je souhaitais pouvoir connaître pareille extase que la fois précédente. Je m'engageais à m'y rendre.

Ce soir là, je rentrais plus tôt de mon cabinet : il fallait que je me prépare et que je donne quelque chose à manger à mon invitée. J'avais fait en sorte de ne pas avoir de rendez-vous dès la fin d'après-midi. Par un curieux hasard, c'est même la quasi-totalité de l'après-midi qui fut vide. Je rentrais donc encore plus tôt que prévu et que nécessaire en fermant mon cabinet.

Mon invitée n'était bien sûr pas informée de ce changement inhabituel de mon emploi du temps. Je ne lui parlais jamais de mes activités. Même lorsque je revenai de faire l'amour à une autre femme et que je la narguais en mangeant avec elle sans avoir pris ma douche. La sueur d'un homme qui vient de faire l'amour a toujours une odeur remarquable et différente. Toutes les femmes voient la différence avec une sueur d'effort ordinaire. Peut-être les relents de la sueur de la femme (l'autre femme, toujours l'autre), de son doux parfum ou des fluides qui s'échangent jouent-ils leur rôle.

Mon invitée étant privée des plaisirs de la chair depuis que je la détenais, sans doute cela était-il cruel. Mais il fallait bien, quelque part, que je me venge de son silence et de ma frustration induite.

Et jamais, jamais, jamais, elle n'avait le moindre détail sur qui j'avais vu, qui j'avais aimée. Rien de ma vie ne lui était révélé. Son silence ne valait de toutes façons pas questionnement à quelque sujet que ce soit.

Bref, je rentrais donc de façon fort inhabituelle très tôt.

J'entrepris de composer le code de la porte d'accès à la cave pour aller déposer mes affaires et prendre sur mon bureau l'invitation. Mais à peine avais-je poussé la porte que quelque chose m'enveloppa. Comme un murmure d'abord.

Incrédule, je retirais mes chaussures pour descendre le plus silencieusement possible l'escalier. Je jaillis sur la pointe des pieds dans mon bureau-auditorium.

Le murmure était devenu une claire musique, juste atténuée par le mur et la porte. Elle jouait de son violon dans son cachot.

Je reconnus l'œuvre comme étant inédite à son répertoire, une partition que je lui avais achetée. Elle était travaillée. Il y avait encore, certes, quelques imperfections dans l'interprétation mais, de toute évidence, mon invitée s'était déjà entraînée de longues heures sur ce morceau.

Je n'osais pas m'asseoir dans mon fauteuil, de crainte que quelque chose ne grince. Je posais mes affaires et je restais interdit, coi et debout, face à la porte de son cachot.

La situation n'était pas propice à un nouveau voyage vers la Beauté. C'était beau et agréable, oui, mais pas plus.

Mes sentiments oscillèrent.

Ainsi, elle me trompait depuis sans doute des mois. Elle jouait de son violon durant mon absence. Ma vie réglée comme son métronome facilitait les choses. Mes absences étaient longues et prévisibles. L'arrivée du dimanche était claire dans son esprit et elle était alors contrainte de ne pas jouer sous peine de me révéler qu'elle le faisait. Elle veillait à toujours remettre ses affaires dans un ordre parfait, telles que je les avais laissées, pour conserver l'illusion.

Elle me trompait pour me priver du bonheur de l'entendre.

J'en conçus du ressentiment, voire de la haine. J'eus envie d'ouvrir cette porte et de la frapper. De la tuer peut-être.

Mais je me repris aussitôt, avant tout début de geste. J'avais une sorte de contrôle installé par mon esprit rationnel qui exigeait la plus grande discrétion. Cela me calma.

La musique jouée était magnifique. Elle restait une parfaite interprète toujours digne de ses multiples prix. Je fus soulagé de ne pas avoir détruit sa grâce. J'en remerciai le Ciel. J'en pleurai presque.

Et puis, comment lui en vouloir ? Le méchant, c'était moi. Elle organisait sa vengeance légitimement. Je fus même amusé de la sophistication de celle-ci en songeant aux mille détails nécessaires pour que je ne m'aperçoive de rien.

Alors que nous allions approcher de l'heure à laquelle je devrais impérativement me préparer et partir, elle arrêta de jouer. Je l'entendis ranger son instrument, glisser l'étui et remettre en ordre les partitions pour que je ne m'aperçoive de rien lors de mon entrée.

Le violon

Elle avait sans doute une bonne connaissance instinctive du temps. Mais je songeais soudain que je ne l'avais jamais privée de sa montre. Et elle avait eu un certain temps pour m'étudier, savoir quand je partais ou quand je rentrais.

Toujours en silence, je pris l'invitation sur mon bureau et remontais au rez-de-chaussée. Je m'apprêtais rapidement pour ma sortie, passant sous la douche, enfilant mon frac, puis je préparais un sandwich pour mon invitée. Je pris une bouteille d'eau, un verre et le sandwich pour lui descendre.

Je descendis cette fois les marches normalement. Peut-être même un peu lourdement.

Je frappai à la porte comme à mon habitude. J'entendis un petit cri de surprise vite réprimé. Il était malgré tout tôt pour que je vienne la déranger. Je l'imaginais regardant sa montre et s'étonnant comme une femme surprise par son mari dans son lit avec son amant.

Au bout de quelques secondes, comme toujours, et faute d'opposition, j'entrais.

Elle s'était assise rapidement sur son lit, regardant vers le mur. Mais ses vêtements n'étaient pas parfaitement arrangés comme d'habitude. Je l'avais surprise, ne lui laissant pas le temps de bien lisser le tissu. Elle tentait d'être aussi impassible que toujours mais je la sentais nerveuse et agitée.

J'en conçus un plaisir sadique. Je la prenais en défaut. Je commençais à entrevoir une manière d'agir sur elle. Sa tranquillité reposait sur le fait que tout était réglé comme un métronome. Toute sa journée était prévisible dans les moindres détails. Il fallait perturber cette stabilité.

Elle ne me regardait pas. Mon sourire satisfait passa donc, je pense, inaperçu.

Je sentais son trouble augmenter au fur et à mesure que je restais là. Son visage voulait rester immobile mais je voyais ses yeux, par réflexe, se tourner vers moi dans leurs orbites. Ses mains bougeaient et pas seulement pour lisser sa jupe. Il fallait qu'elles bougent. Elles trahissaient la nervosité de leur propriétaire. S'assurer que j'étais bien là, que je n'étais pas sorti pour aller l'attendre à table, comme toujours.

Perturber ses habitudes. C'était là la clé.

Je posais mon paquet, un plateau comprenant le sandwich, la bouteille et le verre, devant elle, sur le sol.

« Je suis désolé mais je ne passerai pas la soirée avec vous. Je suis de nouveau invité à une soirée comme celle à laquelle nous nous sommes rencontrés. »

Le violon

Une explication rationnelle. Elle avait vu ma tenue lorsque je m'étais penché devant elle. Je la sentis retrouver son calme. Ses mains s'apaisèrent.

Par un pur hasard, je venais, en quelques minutes, de mieux comprendre mon invitée qu'en presqu'un an de vie commune.

Pourrais-je un jour remercier le laboratoire qui m'avait ainsi, par deux fois, aidé à la découvrir ? Même si, au bout du compte, ce n'était pas du tout son objectif... Mais, en réfléchissant bien, c'est vrai que j'avais prescris plus de produits émanant de ce laboratoire depuis un an que je ne le faisais auparavant. Cela sans aucune raison objective thérapeutique. Leurs produits n'avaient pas sensiblement évolué.

Ah, la magie des relations publiques...

Le violon

Chapitre 25

Comme la première fois, presqu'un an auparavant, le laboratoire avait donc « privatisé » (comme son service communication s'obstinait à le dire dans son invitation) le même grand restaurant. Je me retrouvais cependant à une table un peu plus éloignée de l'espace tenant lieu de scène, avec des confrères et des commerciaux différents de la fois précédente.

Une coupe de Champagne, des salutations... déambulations dans la foule qui s'installe pour saluer Untel qui est ce que l'on appelle un vieil ami...

Une fois tout le monde installé, le président du laboratoire fit son entrée, sous les applaudissements. Les commerciaux dispersés aux tables veillaient à lancer et arrêter le mouvement comme il convient. C'est un métier que celui d'animateur de salle mais ces amateurs s'en sortaient bien.

Remerciements d'être venus, présentations des résultats du laboratoire, nouveaux remerciements pour la confiance des praticiens qui prescrivaient et vendaient leurs merveilleux produits...

Le violon

Puis défilèrent les chefs de produits de différents nouveaux médicaments dont nous avions des échantillons et des plaquettes publicitaires dans la même sacoche de cuir que la fois précédente. Il était de bon ton de jeter un œil aux documents remis en même temps qu'il fallait écouter les discours emplis de superlatifs pour vanter ces produits.

Ceci dit, je n'avais pas à me plaindre de l'efficacité des échantillons remis l'année dernière, notamment ce produit qui m'avait permis de m'emparer de mon invitée. Mais, cette année, rien de tel.

Les serveurs zigzaguaient entre les tables pour remplir les coupes de Champagne au fur et à mesure des besoins. Je veillais à ne pas trop boire. Cependant, il faisait chaud dans ce restaurant...

Une fois les présentations commerciales achevées, on nous servit l'entrée, un duo de poissons et quelques légumes. On commença à discuter « informellement » selon les mentions indiquées sur le programme officiel de la soirée.

Sous l'effet du Champagne peut-être, je fus hardi.

« Aurons-nous droit à la même artiste que l'an passé ? C'était magnifique... »

Un commercial me répondit aussitôt.

« Non, cette année, nous avons voulu changer mais je suis certain que le pianiste qui va venir jouer en attendant le plat vous plaira autant. Il a obtenu encore plus de prix. »

Un de mes confrères l'interrompit en souriant.

« De toutes façons, je ne crois pas que vous auriez pu la réinviter... N'était-ce pas cette violoniste qui a disparu dans notre ville après la série de concerts donnés à l'opéra ? »

Les commerciaux plongèrent leur nez dans leur assiette, ne sachant pas quoi répondre.

« Vous avez raison et j'avais même assisté à son concert après la découverte que vous m'en aviez fait faire car je l'avais trouvée sublime » ajoutais-je en me tournant ostensiblement vers le responsable commercial.

Il reprit son sourire professionnel.

« Vous avez raison : ses interprétations étaient magnifiques. Le pianiste que nous accueillons ce soir donne d'ailleurs lui aussi quelques concerts dans la semaine qui vient, à la cathédrale, en trio avec un trompettiste et une organiste. J'ai vu les répétitions et c'est assez étonnant. »

« Ce sont trois instruments que l'on voit rarement ensemble... » contre-attaqua un de mes confrères.

« En effet mais il y a eu des arrangements faits pour des œuvres de Haendel et de Bach, les instruments jouant simultanément par paires ou en dialogue, leurs forces étant très différentes » précisa le commercial, heureux que le sujet de la disparition de l'artiste de l'année passée s'enfonce dans l'oubli.

Entre l'entrée et le plat puis entre le plat et le dessert, nous eûmes donc droit à deux mini-concerts du pianiste puis du trompettiste, un quart d'heure chacun en solo. De bons musiciens, sans aucun doute.

Mais je ne fus pas saisi par la même révélation, la même extase, la même théophanie que lorsque je fis la connaissance de mon invitée. Je ne vécus ce soir là qu'un plaisir ordinaire.

Chapitre 26

Après la fin de la soirée, je m'éclipsais le plus rapidement possible au regard de mes obligations de politesse. Puis je rentrais chez moi en tentant de rencontrer le moins possible de connaissances, surtout de confrères bavards. Tout ne me fut pas épargné en la matière mais, malgré tout, je m'en sortis plutôt bien. Et il fallait que je reste sociable.

Je baillais un peu dans ma voiture mais je conduisis jusque chez moi dans une conscience parfaite. Rien à voir avec l'état second que j'avais vécu la fois précédente.

Je rangeai la voiture dans mon garage et utilisai la porte intérieure pour rejoindre mon logis. Une petite halte dans la cuisine me permit de déposer les échantillons dans le réfrigérateur.

Il ne faudrait pas que j'oublie ces produits durant des jours. Des fois que j'ai envie d'utiliser subrepticement tel ou tel échantillon sur l'une ou l'autre de mes amies. Bien qu'aucune ne soit plus venue chez moi depuis un an. Et bien qu'aucun produit, cette fois là, ne pouvait avoir d'utilité malhonnête évidente.

Je me rendis ensuite dans ma cave pour aller frapper doucement à la porte de mon invitée. Aucune réponse.

J'ouvris avec précaution. La lumière était éteinte (l'interrupteur était à la disposition de mon invitée). Elle était allongée dans son lit, ses vêtements rangés sur la chaise que je lui avais confiée à cette fin.

Je regardais un instant les couvertures monter et descendre en suivant les flux de sa respiration. Je souriais de cette scène innocente : elle aurait pu être ma fille, mon enfant, que j'aurais couchée avant de sortir et sur qui je viendrais jeter un dernier regard avant de me glisser moi-même, apaisé, dans les bras de Morphée.

Ne voulant pas la réveiller, je me hâtai d'aller récupérer le plateau, désormais vide en dehors de miettes et de la bouteille couchée et me reculais pour repartir exactement comme j'étais venu.

« Avez-vous trouvé quelque nouveau musicien pour me tenir compagnie ou bien me remplacer ? » demanda-t-elle soudain.

Son ton était dur. Il ne comportait aucune crainte. Je pouvais y sentir toutes les accusations sous-entendues.

Je fus surpris d'entendre le son de sa voix. Le plateau tressaillit mais rien ne tomba. Je l'imaginais rire intérieurement de ma surprise. Elle aussi pouvait me surprendre. C'était peut-être même là sa réponse à mon intrusion inhabituelle de l'après-midi. Je l'avais surprise, elle me surprenait. Œil pour œil, dent pour dent.

Je mis quelques instants à répondre.

« Non. Je n'ai pas connu d'extase à les écouter. Ils ne m'ont pas fait découvrir la Beauté comme vous. »

« Votre âme est désormais trop noire pour connaître la Beauté. Voilà la véritable raison. Vous pourriez désormais assister aux mêmes concerts que l'an passé sans ressentir plus d'émotion que vous n'en avez connu ce soir. Votre cœur s'est asséché. »

Ses mots m'entraient dans le crâne comme s'il s'était agi de couteaux bien aiguisés. Je ne pouvais exclure, a priori, qu'elle eut raison. Mais j'eus la force de contester.

« Je ne crois pas avoir une âme plus noire qu'auparavant. Peut-être même au contraire. »

Je laissais une pause de quelques secondes. Je sentis qu'elle allait répliquer. Je pris les devants en souriant.

« Et puis, pour s'en assurer, il suffirait de me faire entendre de nouveau le son de votre instrument. Quelques minutes suffiraient pour que nous soyons tous les deux fixés. »

Elle se renfrogna comme un farceur qui se retrouve victime de sa propre farce.

Le silence se fit. Cette fois, j'avais gagné. J'en conçus une certaine jubilation. Depuis l'après-midi, j'avais acquis la certitude que je pouvais la vaincre au lieu d'uniquement l'enfermer en attendant son bon vouloir. Bon vouloir qui ne viendrait sans doute jamais.

Au moment de fermer la porte, je me décidais à lancer la pique ultime devant mener à l'hallali. Il n'y aura pas d'échappatoire, pas d'hourvari.

« Et puis, si j'étais devenu insensible à la Beauté, à quoi bon vous garder ici ? ».

La porte claqua.

Chapitre 27

Si je savais bien pourquoi je m'étais brutalement décidé à incarcérer mon invitée, à savoir conserver sans cesse pour moi un objet de fascination, je demeurais absolument ignorant de ce qui la motivait elle. Son refus de me satisfaire me frustrait terriblement.

Elle devait savoir que je ne ferais rien contre elle tant que j'aurais un vague espoir d'obtenir un jour qu'elle joue pour moi. Mais je ne pouvais pas la forcer à le faire. Il aurait été tellement plus simple si j'avais voulu la violer ou la réduire en esclavage... mais l'art musical ne supporte pas la contrainte. Je ne peux pas l'obliger physiquement à jouer magnifiquement et à investir toute son âme dans son jeu.

Il fallait que j'arrive à la convaincre de le faire.

Je récapitulais, de temps en temps, ce que je savais.

Ainsi, par exemple, je savais désormais qu'elle jouait du violon lorsqu'elle était seule. Elle ne voulait pas m'en faire profiter mais elle jouait. Quel était son objectif ? Ne pas devenir folle en s'occupant ? Ne pas perdre la main si jamais un jour elle sortait vivante de cette histoire ?

D'ailleurs, lorsque je m'imaginais à sa place, je dus admettre que ma première crainte serait pour ma vie. Curieusement, cela ne semblait pas l'affecter.

Ou alors elle estimait que si elle jouait et que j'étais déçu, je n'aurais plus aucune raison de la garder vivante. Ne pas jouer et entretenir le doute, quelque part, c'était obtenir un sursis. Elle pouvait toujours rêver à une intervention miraculeuse ou à une imprudence de ma part, bref, à une situation qui lui permettrait de me quitter en vie.

Mais me quitter en vie ne pourrait que se faire contre mon gré. Je pense qu'elle l'avait compris. En effet, cela aurait été suicidaire pour moi de la libérer : elle serait amenée à porter plainte et je finirais alors mes jours en prison. Une telle perspective n'enchante aucun homme.

Donc, au final, qu'elle joue ou pas ne changeait rien au fait que je ne la libérerais jamais. Mais refuser de jouer lui permettait de gagner du temps. Et, avec le temps, elle gagnait l'espoir que quelque chose se produise et permette sa libération.

Son refus était donc très rationnel.

Face à ce refus rationnel, pouvais-je espérer la faire céder par des méthodes émotionnelles ?

Côté sentiment, me prendre en pitié était exclu ou, en tous cas, insuffisant. Elle me haïssait et son mur de silence était la forme la plus parfaite de la haine. C'était une attitude compréhensible. Je ne pouvais pas lui en vouloir. Et sa haine était la justification qu'elle m'avait toujours servie pour me refuser de jouer.

Pouvait-elle, faute d'amour ou malgré la haine, tout céder par peur ? La peur principale d'un individu ordinaire est celle de la mort. En deuxième lieu, la blessure. Pour une femme, il faut sans doute glisser dans la liste celle du viol.

Or elle m'avait défié de la violer.

Comment pouvait-elle être certaine que je refuserais ?

La haine n'implique pas le mépris, au contraire. Elle devait donc avoir assez d'estime de moi pour savoir que je ne m'abaisserais pas à cela. Et que la satisfaction d'un désir sexuel n'était d'ailleurs pas mon objectif.

Pour la même raison, elle ne pensait pas que j'allais la tuer. Et pourtant, je la gardais enfermée depuis un an. Un jour ou l'autre, j'allais bien en avoir assez... Avec la lassitude, j'allais bien un jour devoir la tuer.

Et durant tout ce temps, elle avait organisé sa vie avec une logique impeccable et reposant sur une distinction entre les moments où elle était en ma compagnie et ceux où elle était seule dans la maison.

Sa capacité à strictement distinguer les deux en fonction de l'heure et du jour lui permettait de savoir quand elle pouvait jouer ou pas.

Ajoutons que son silence n'était pas que vocal. Tout, dans son attitude, était neutre. L'importance d'avoir des vêtements tombant bien marquait sa supériorité morale.

L'humilier pourrait la déstabiliser.

Mais cela lui laisserait-il son talent ?

Chapitre 28

La semaine du concert offert par le laboratoire, ma secrétaire était en vacances. J'avais pris une intérimaire pour la remplacer. Cela faisait des années que nous pratiquions de la sorte car je prenais moins de vacances qu'elle, qui bénéficiait du statut de salarié. Moi, son patron, d'un autre côté, je gagnais mieux ma vie et, célibataire autant que casanier, je n'avais guère l'envie de partir souvent. Par contre, il n'était pas rare que je me ménage des journées de tranquillité lorsque c'était possible.

Mais, lorsqu'elle revint, elle me fit la remarque que cela faisait plus d'un an que je n'avais pas pris de vacances. Je bredouillais des excuses banales, prétendant même ne pas m'en être aperçu. Elle m'en fit le reproche, expliquant ainsi mes régulières périodes de fatigue. Elle ne pouvait pas savoir que celles-ci étaient surtout dues à mes mésaventures avec mon invitée, mésaventures qui m'empêchaient parfois de bien dormir.

Il se trouve qu'il y avait un gros travail administratif à produire lié à un changement de système informatique, travail que je repoussais sans cesse. Il fallait notamment rappeler une grosse partie de ma clientèle pour mettre à jour leurs fiches. Et puis, il fallait également mener un inventaire annuel de mon stock de médicaments et d'équipements, ce qui prenait à chaque fois au moins une journée. Clairement, j'étais inutile pour ces deux tâches que ma secrétaire pouvait mener seule pourvu qu'on lui laissa le temps.

Je décidais donc de prendre une semaine de repos à compter du vendredi suivant, prenant juste soin de décaler quelques rendez-vous pris d'avance. J'informais l'un de mes confrères avec qui je réalisais une certaine permanence. Et puis je précisais à tout le monde que je comptais surtout me reposer sans quitter mon domicile très longtemps. Je restais donc disponible en cas de coup dur. Je prétextais avoir envie de visiter quelques musées.

Cela tombait bien, en fait : le dimanche de la fin de mes vacances coïnciderait avec le premier anniversaire de l'arrivée de mon invitée chez moi. Et, le premier samedi, de son entrée dans ma vie.

Il était inutile d'informer mon invitée de cette temporaire inaction professionnelle. Je pourrais ainsi l'écouter jouer.

Si la joie de pouvoir ainsi bénéficier clandestinement de la musique de mon invitée tout en lui faisant une délicieuse farce me mettait de bonne humeur, ma secrétaire en déduisit surtout qu'il était tout à fait normal d'être heureux à l'idée de prendre des vacances.

Le violon

Malgré tout, je n'avais plus réalisé de voyage vers quelque contrée lointaine depuis presque deux ans et c'était là une anomalie. A la longue, cela finirait par devenir suspect. Mes amies avaient parfois évoqué cette curiosité. Il est vrai qu'il m'était arrivé d'en inviter l'une ou l'autre à m'accompagner, ce qui me garantissait des soirées aussi intéressantes que les visites touristiques, historiques ou culturelles de la journée.

Je ne pourrai pas éternellement dissimuler la transformation de ma vie.

Et, contrairement à un chien ou un chat, on ne peut pas confier une invitée comme elle à un ami, un chenil, un refuge quelconque. Si je m'absentais, il fallait qu'elle parte avec moi ou bien que je l'ai éliminée.

Cela me provoqua une certaine angoisse un soir de cette semaine d'attente.

J'avais mis en route ma chaîne Hi-Fi, m'étant assis dans mon fauteuil et sirotant doucement un vieil Armagnac. J'avais choisi la symphonie n°5 en ut mineur de Ludwig van Beethoven dans une interprétation des plus traditionnelles, l'une de celles d'Herbert Von Karajan et de l'Orchestre philharmonique de Berlin. La Symphonie du Destin, quoi de plus approprié pour réfléchir au destin qui avait frappé à ma porte sous la forme de cette jeune femme talentueuse et porteuse de la Révélation ?

D'une manière ou d'une autre, un jour ou l'autre, il allait bien falloir que je me débarrasse d'elle. Ma folie ne pourrait pas durer.

La libérer étant totalement exclu, cela signifiait forcément la tuer. Bien entendu, je fus épouvanté par cette conclusion. Mais que faire d'autre ?

De toutes les façons, me restait-il un seul brin d'espoir d'obtenir ce que j'attendais d'elle ? Connaîtrais-je jamais une nouvelle extase ?

Je devais me considérer comme heureux d'avoir connu une seule fois une extase que beaucoup d'hommes ne connaîtraient jamais de toute leur vie.

Chapitre 29

Le vendredi soir, je vins la chercher comme d'habitude, comme si rien de particulier n'allait arriver. J'ouvris la porte et la laissais passer devant moi. Elle marcha droit vers sa chaise, en silence, droite, le regard vers l'avant, sans jamais se tourner vers moi.

Elle s'installa à table, prenant sa serviette qu'elle posa au travers de ses genoux. Puis elle attendit, les mains croisées sur les cuisses.

Pendant ces quelques instants, je m'étais contenté de la regarder. Elle était passée devant moi. Elle s'était éloignée et mon regard l'avait suivie. Elle s'était assise. J'avais admiré son calme et sa beauté.

Je continuais de me concentrer sur elle, sans bouger du seuil de son cachot, m'étant juste tourné pour mieux la voir.

Elle attendait. Silencieuse et immobile. Je ne pus la surprendre une seule fois, un seul instant, en défaut, cherchant pourquoi je tardais à la rejoindre, jetant un œil derrière elle pour savoir ce que je faisais.

Pourtant, je fis exprès de marquer une longue et inhabituelle pause. Je ne dis pas plus de mots qu'elle.

En fait, je commençais, par ce silence et cette lenteur, mon entreprise de déstabilisation.

Elle fut bien obligée, par les seules pulsions de son corps, de bouger à un moment. Elle remua les jambes et repositionna sa serviette. Sa chaise avait tressauté et grincé sur le sol. Elle se leva à demi pour bien centrer sa chaise par rapport à sa place habituelle.

Je me décidais alors à la rejoindre. Faisant le tour de la table, je vins m'asseoir face à elle.

« Bonsoir » prononçais-je distinctement, avec un sourire qui se voulait heureux.

Tous les soirs, je la saluais de la même façon mais, en général, avec un ton nettement moins enjoué, le plus souvent des plus neutres voire formels.

Bien entendu, elle persistait à regarder au loin, le mur derrière moi sans doute, et ne prononça pas un mot.

J'entrepris de lui servir l'entrée, une salade composée de crudités je crois me rappeler. Puis je me servis. Lorsque ce fut fait, je lui souhaitais un bon appétit et nous nous mîmes à manger.

Son expression restait neutre, d'une politesse extrême de petite fille effarouchée dans quelque dîner mondain. Pas un mot. Le minimum de bruit.

Pas de mouvement en dehors du nécessaire. Et jamais me regarder ou m'adresser la parole.

Pourtant, elle ne pouvait que, au minimum, apercevoir mon sourire, mon air heureux. Cela ne pouvait que l'intriguer. C'était trop inhabituel.

Je la regardais, l'œil brillant.

Bien que ce ne soit pas là sa principale qualité, je devais admettre qu'elle était belle. Une charmante jeune femme à ma table à tous mes repas, voilà ce qu'elle était.

Il fallait que je commence à lui dire. A tout lui dire. J'en brûlais intérieurement. Sans doute le devinait-elle et se recomposait-elle en conséquence un air peut-être (si c'était possible) plus diaboliquement insipide et neutre que d'habitude.

Alors je commençais.

« Savez-vous quel jour nous sommes ? »

Silence.

Je repris : « nous sommes vendredi, vous le savez, n'est-ce pas ? C'est le début du week-end. »

Silence.

« Mais ce n'est pas n'importe quel vendredi. Ce n'est pas n'importe quel semaine. Et toute la semaine qui s'ouvre est particulière jusqu'à sa fin. Du moins, à mes yeux et, je l'espère, aux vôtres. »

Silence, peut-être un peu plus long.

Je surpris un bref regard vers moi. Son visage n'avait pas suivi mais les yeux ne pouvaient pas rester indéfiniment esclaves d'un tel carcan. Elle m'avait regardé. Les yeux tremblaient. Je crus même percevoir une humidité suspecte qui disparut d'un battement de paupière.

Je lui souris de façon plus marquée et amicale tout en profitant du moment pour changer les assiettes et lui servir le plat : un pavé de saumon à l'oseille pour autant que je m'en souvienne.

Subrepticement, je me refusais à poursuivre mon monologue sur le caractère exceptionnel de la semaine qui s'ouvrait. Le changement de plat avait été le signal d'un changement de sujet.

« C'est tout de même curieux... » commençais-je.

Une pause.

J'aime marquer mes effets. Je fis comme si je réfléchissais à un détail amusant, pensant à haute voix.

« Mais jamais vous ne m'avez dit ce que vous aimiez ou non manger. Vous avez bon appétit et semblez apprécier ce que je vous sers mais peut-être auriez-vous des souhaits auxquels je n'ai pas

pensés et qu'il pourrait être... convenable... oui,
c'est cela... convenable... de satisfaire. »

Elle ne put s'empêcher de plisser des yeux.
Une ride affreuse apparut sur son front. Mais son
visage reprit rapidement son aspect impavide.

Je pouvais l'interloquer, briser son
impassibilité, casser son mur d'indifférence,
anéantir ses défenses. Le travail de sape avait
commencé. Mais il ne fallait pas agir trop vite. Il
ne fallait pas qu'elle s'aperçoive que je m'apprêtai à
abattre les murs de sa forteresse : elle aurait risqué
de les consolider ou d'ériger une nouvelle défense.
Peut-être aurait-elle même pu avoir le temps de
changer de stratégie et de me forcer à l'affronter sur
un terrain neuf où tout serait alors à recommencer.

Je me contentais de manger en silence mon
plat, gardant simplement l'air de celui qui continue
de rire d'une situation plaisante qu'il vient
d'évoquer brièvement devant sa convive mais dont
il se remémore les détails pour lui seul.

Elle eut fini avant moi.

Je changeais une nouvelle fois les assiettes,
récupérant les couverts sales. Je m'efforçais depuis
un an de conserver un standing adéquat : je
recevais une hôte de marque.

Je lui remis une cuillère. Pas de couteau pour le dessert cette fois.

Puis je posais devant elle une coupelle contenant une sorte de crème au chocolat.

« Tenez, vous ne m'avez jamais dit si vous aimiez ou non le chocolat. Oh, bien sûr, très peu de gens ne l'aiment pas. Et puis, comme je le disais, jamais vous n'avez eu la moindre difficulté pour manger ce que je vous donnais. »

Tandis que je dégustais ma part, je la surpris suspicieuse. L'air de rien, elle avait reniflé la première cuillère et goûtais longuement la première bouchée mise en bouche.

J'explosais de rire.

« Non, rassurez-vous : je ne vais pas vous empoissonner aujourd'hui. Vous êtes ma prisonnière et il est inutile de vous droguer. Mangez rassurée. Dégustez même. »

A la fin du repas, elle regagna sa cellule d'un pas hésitant.

Chapitre 30

Ce samedi là, comme de temps en temps, mon cabinet était fermé. J'ouvrais ainsi mes vacances par le week-end, comme j'allais les terminer une semaine plus tard.

Le matin, j'allai chercher mon invitée comme si nous étions un jour ordinaire. Nous primes un petit déjeuner semblable à ceux de tous les jours. Je ne fis aucune remarque relative à l'anniversaire que nous allions célébrer. Je ne repris pas dans mon éternel monologue le sujet abordé la veille. Je dis des banalités, des commentaires de l'actualité.

C'est drôle, maintenant que j'y songe : elle ne m'a jamais demandé à voir les journaux, à disposer d'une radio... Elle n'a suivi l'actualité qu'au travers de mes soliloques. Avait-elle le moindre intérêt pour ce qui se passait dehors ? J'arrive finalement à en douter.

Je consacrais cette première matinée de vacances à faire mes courses. Il me fallait acheter tout le nécessaire pour la semaine à venir durant laquelle je ne comptais pas beaucoup sortir.

Dans les journaux, je vis quelques entrefilets sur le premier anniversaire de la disparition d'une musicienne. C'était toujours abordée sous l'angle du fait divers, de l'incompétence de la police et ainsi de suite. Elle n'était pas assez connue pour que l'on parle de son talent, de ses œuvres, de ses activités, de ses concerts ou même de sa vie. Son nom même était à peine mentionné. Un journal mit une photographie pour illustrer l'article, avec une légende qui appelait les éventuels témoins de sa disparition ou d'une réapparition à se manifester auprès de la police.

Cette dernière avait sans doute renoncé à la chercher. Sans doute l'affaire n'était pas encore classée mais le dossier traînait sur une pile dans la catégorie « sans piste et on s'en fout ».

Cela me convenait bien sûr tout à fait.

Au déjeuner, je ne fis pas plus de commentaire sur ce que j'avais dit la veille. J'étais juste de bonne humeur, c'est tout. Elle garda le silence. Je perçus une certaine nervosité dans divers faux mouvements, dans des battements de cils plus nombreux que d'habitude...

Quand elle eut regagné son cachot, je rangeais bruyamment assiettes, verres et couverts sur un plateau puis nettoyais la table. C'était là ce que je faisais tous les jours, à tous les repas. J'emmenais ce qui devait être nettoyé au rez-de-chaussée et fis la vaisselle. L'habitude.

Le violon

Je commençais les premiers préparatifs du soir. Mais, finalement, peu de choses pouvaient être faites trop d'avance, mis à part le dessert.

Le violon

Chapitre 31

L'après-midi, je redescendis discrètement dans la cave, veillant à ne pas faire le moindre bruit. Je n'avais rien entendu de la cuisine mais le concert avait commencé.

Je m'installais dans mon fauteuil, faisant attention à ce qu'il ne grince pas lorsque je m'y assis. Je me détendis au son du violon s'échappant de la résidence de mon invitée.

Certes, l'épaisseur de la porte nuisait grandement à la qualité acoustique. Malgré tout, je pouvais apprécier la virtuosité de l'artiste. Elle s'entraînait sur des airs nouveaux à son répertoire, correspondant aux partitions que je lui avais amenées. Elle ne s'arrêtait que brièvement avant de reprendre, tantôt le même passage si elle n'avait pas été satisfaite de son interprétation, tantôt la suite.

Il me fallut un certain temps avant de totalement me détendre, de pouvoir m'abandonner à la musique.

Enfin, mon regard oublia ce qu'il voyait. Il oublia l'armoire contenant ma chaîne hi-fi. Il oublia les murs. Il oublia de me séparer de mon invitée. Je parvins même à suppléer à la distorsion due à la porte, l'imaginant à mes côtés.

143

Le violon

Je la revis devant moi, un an plus tôt. Elle était là, jouant en toute innocence, ignorant son destin déjà en train de s'accomplir. Mais je ne vis pas sa chute. Je n'entendis pas les fausses notes. Je ne la retrouvais pas en train de s'effondrer dans mes bras. Elle n'avait pas été une nouvelle fois droguée

Non, elle était là, debout et fière. Elle était devant moi tandis qu'elle jouait derrière la porte maudite.

Je me trouvais dans la musique magique, emportée par une beauté que je croyais avoir perdue.
La sublime harmonie n'avait pas été perdue.
Mon cœur n'était pas perdu.

Je connus une nouvelle fois l'extraordinaire révélation de la Beauté.

Chapitre 32

Elle avait arrêté de jouer depuis un moment quand je me décidais à me lever, autant discrètement que je m'étais assis. J'avais bien perçu à la limite de ma conscience que la musique ne résonnait plus. J'avais même discerné qu'elle avait rangé son violon et ses partitions de telle sorte que je ne puisse pas m'apercevoir qu'elle jouait durant mes absences. Le bruit des feuilles que l'on remet en pile. Le clic de la serrure du coffre où était rangé son violon.

Mais j'étais groggy. La beauté m'avait pris à la boxe et j'avais salement dérouillé. Il me fallut du temps pour retrouver toute ma conscience, revenir sur Terre.

Je regardai ma montre. Il était temps de préparer le repas. Je m'éclipsai en silence.

Elle ne m'avait pas entendu, la porte l'empêchant de me voir. Elle voulait me priver de mon bonheur mais avait échoué.

Le violon

Chapitre 33

Le soir vint.

Je descendis dans la cave le repas, comme d'habitude, avant d'aller frapper à la porte de mon invitée. Elle sortit de sa cellule en silence et comme un robot bien élevé (ou bien programmé, plutôt). Comme d'habitude. Je n'attendis pas qu'elle arrive à la table pour me diriger vers ma propre place, refaisant une piètre tentative de déstabilisation. J'agis comme chaque soir ordinaire en la suivant presque sur ses talons avant de faire le tour de la table et de prendre place tandis qu'elle s'asseyait. Comme d'habitude.

Cependant, il y avait des particularités ce soir là. La première qu'elle remarqua, ce fut le présence de bougies sur la table, de part et d'autre de nos verres, une de chaque côté. J'entrepris de les allumer avec un briquet.

Je lui souris. Elle ne put s'empêcher d'avoir la bouche légèrement bée tout en suivant mon geste d'allumage. Son visage fut, un bref instant, encore marqué de cette affreuse ride au milieu du front : elle réfléchissait à ce que cela signifiait. Puis la ride disparut et son regard devint triste. Je perçus un peu d'humidité au creux des yeux.

Je lui souris de nouveau. Et je hochais la tête.

Enfin, je lui confirmais ce qu'elle avait sans aucun doute compris d'elle-même : « cela fait un an que nous nous sommes rencontrés. Il y a très exactement un an, vous avez joué lors de ce repas offert par un laboratoire. Je vous ai vue. Je vous ai entendue. Et j'ai connu l'extase. J'ai connu la Beauté. »

Je fis une pause. Je ne m'attendais pas à ce qu'elle réagisse. Pourtant, elle le fit.

« Un an » répéta-t-elle.

Elle marqua une pause à son tour avant d'ajouter dans un soupir : « déjà ! ».

Son regard ne portait plus vers le mur ou vers le lointain, il s'était fixé sur son assiette vide. Elle baissait la tête. La position était assez incongrue car elle conservait ses avant-bras et ses mains bien à plat sur la table, attendant qu'on l'autorise à bouger, ne serait-ce que pour manger.

Je décidai de pousser mon avantage. D'un air triste mais très affirmatif, comme lorsque j'annonce à des clients que leur animal de compagnie va connaître le sort inéluctable de toute créature vivante, je poursuivis la description des faits, des faits bruts, datés pour ne pas dire chiffrés.

« Il y a un an, je vins assister à tous vos concerts. Un par jour. Ils devinrent une drogue pour moi. Et, samedi prochain, vous serez enfermée ici depuis un an. »

Sans vraiment la relever, elle hocha la tête.

« Je vous dois probablement les plus grandes excuses. Je pourrais encore une fois vous dire à quel point je suis désolé de ce destin qui nous accable tous les deux. J'ai été capturé, séduit, par la Beauté. J'ai voulu la garder pour moi, la garder avec moi. Ne pas la perdre. Jamais. Mais, depuis bientôt un an, vous vous refusez à m'accorder ce que je recherche. J'ai accepté le destin d'un criminel. Je vous ai trompée, droguée, enfermée. Je vous retiens depuis bientôt un an. Tout cela pour rien. Depuis bientôt un an. »

Il n'y avait nulle colère dans ma voix. Je décrivais une situation. Calmement. Tristement.

Enfin, elle se redressa.

Son regard humide était triste en me fixant. On aurait crû qu'elle avait pitié de moi. Nulle haine, nulle révolte. Juste de la tristesse.

« Et cela ne peut pas finir : vous ne pouvez pas me relâcher car ce serait suicidaire de votre part » admit-elle. Elle tira une étrange conclusion : « vous êtes finalement autant prisonnier que je le suis. »

Cela m'avait interloqué.

Je décidai de profiter du soudain silence pour servir l'entrée. Nous mangeâmes en silence.

Le violon

Quand elle eut terminé et moi aussi, elle tenta de recomposer son attitude habituelle, froide et distante, regardant l'infini dans mon dos. Mais elle n'y parvenait plus. Cela sonnait faux comme un violon désaccordé.

Je repris la parole.

« Il y a quelque chose d'inexact dans ce que vous avez dit. »

Elle me regarda, étonnée. Mais je marquais une pause involontaire, une pause de gêne, une hésitation.

« Cela ne pourra pas durer éternellement sous peine de révéler votre existence : j'ai le plus grand mal à conserver une attitude sociale correcte, sans rien qui pourrait déclencher une suspicion, tout en m'occupant de vous. Tout en vous gardant ici. Tant que je vous garde ici, il est nécessaire que je vous serve des repas, que je fasse votre lessive. Tous les jours. Comme un éleveur, je ne peux pas prendre de vacances, m'absenter, ou même recevoir des amis qui, jadis, emplissaient cette maison. Il faut que cela s'arrête rapidement. »

Je m'arrêtais là. Elle se frotta les yeux d'un revers de la main. Elle ne voulait pas pleurer. Le silence enveloppa la pièce quelques instants.

Je remplaçai les assiettes et m'apprêtai à servir le plat quand elle s'adressa à moi, d'un ton faussement badin, tremblotant un peu.

Le violon

« Vous m'avez demandé ce qu'il serait convenable de faire pour me faire plaisir. Je vais vous répondre. Depuis un an, vous ne m'avez pas servi de vin... »

« Je n'en bois pratiquement jamais seul et je n'ai pas pensé à... » commençai-je à m'excuser.

Elle m'interrompit d'un geste de la main plus amical qu'autoritaire et me sourit. C'était la première fois que je la voyais sourire depuis presque un an.

« J'aimerais que vous me serviez un verre de vin. »

Elle marqua une pause et devint presque suppliante en ajoutant un « s'il vous plaît » que je devinais noyé dans des débuts de sanglots.

Je me levai et me dirigeai vers la cave à vins. Je composai le code et y entrai, gardant bien ouverte la porte. Je me retournai pour saisir une bouteille appropriée dans un casier contre la porte et la vis qui me regardait, tournée sur sa chaise.

Ce qu'un an de détention n'avais pas pu attendrir ou soumettre m'était livré pour une bouteille de vin. Certes, elle contenait un grand cru parfaitement en harmonie avec ce que nous allions manger, mais tout de même.

Je posai sur la table deux grands verres issus d'une vitrine où je gardai tous les ustensiles nécessaires aux dégustations. J'ouvris la bouteille et versai l'épais liquide rubis dans chaque verre.

Son parfum embauma la pièce. Mais il fallait le laisser s'oxygéner quelques instants.

Je servis le plat. Puis je me rassis.

Elle leva alors son verre pour trinquer. J'acceptai, étonné, le rituel amical. Il y eut le tintement exigé du cristal qui heurte son semblable.

Elle porta le verre à ses lèvres en même temps que moi. Nous dégustâmes une gorgée comme il convient puis nous reposâmes nos verres quasiment en même temps.

Je pris ma fourchette et mon couteau, m'apprêtant à commencer de manger la viande et son accompagnement. Mais elle marqua une pause en ayant un sourire ironique. Elle regardait son verre.

Elle dit alors les derniers mots de la soirée. Des mots qui n'appelaient aucun commentaire, aucune succession et qui nous forcèrent à ensuite manger dans le silence.

« Vous ne pouvez ni me garder prisonnière, ni me libérer. C'était là le verre de la condamnée que je vous ai réclamé. Vous allez me tuer. »

Chapitre 34

Le dimanche, elle ne jouait jamais : j'étais toujours dans les parages. Elle ne fit pas exception ce dimanche là.

Je n'avais finalement guère l'habitude de boire du vin. Mon alcoolisme irrégulier se concentrait plutôt sur un alcool distillé, genre Armagnac ou Calvados par exemples. Je ne buvais du vin, en général, qu'en compagnie, galante de préférence. Il en résultait que, depuis un an, mon stock n'avait pas eu l'occasion de diminuer. Et, la veille au soir, nous avions bu une bouteille entière à deux. Elle avait regagné son cachot un peu en zigzaguant, un peu plus gaie que ne permettait son habituelle neutralité mais pas plus causante.

Je n'étais donc pas parfaitement dans mon assiette le lendemain de cette phrase terrible que mon invitée avait prononcée : « vous allez me tuer ». Le tanin jouait son rôle, sans aucun doute, dans cette méforme. Mais je ne pouvais pas me cacher que le fait qu'elle ait compris la situation me mettait mal à l'aise.

Jusqu'ici, j'avais toujours voulu repousser tout choix, espérant moi aussi un miracle quelconque. Après tout, mon initiation à la Beauté n'était-il pas lui aussi déjà un miracle ? En demander un second était sans doute trop.

Le violon

Mais vais-je vous étonner ? J'ai consacré mon existence à défendre la vie d'animaux, à les soigner. Tuer me répugne, même si, en tant que vétérinaire, il me faut parfois le faire. Tuer une femme qui ne m'avait rien fait, en pleine santé, me semblait impossible. Je n'avais donc aucune solution. Je continuais d'en chercher une en allant lui ouvrir la porte pour le petit déjeuner.

Assez curieusement, il n'y eut rien de particulier. Je monologuais sur la météo ou d'autres sujets futiles. Elle regardait ou bien son bol, ou bien ce qu'elle saisissait, ou bien à l'infini derrière moi.

Elle ne parla pas. Je n'évoquais ni notre repas de la veille, ni la conversation que nous avions eu. Je la vis pourtant, une fois ou deux, grimacer face à un petit bruit ou bien poser sa main sur son front. Elle aussi avait une gueule de bois. Cela me fit sourire. Je lui proposais une aspirine mais je n'eus aucune réponse.

Quand elle eut fini son petit déjeuner, elle s'essuya la bouche et rentra dans son cachot avec la même superbe indifférence qu'à chaque fois.

Ce matin là, je fis mon ouvrage comme tous les dimanches matins.

Chapitre 35

Le dimanche midi se déroula tout à fait comme à l'accoutumé : elle regardait son assiette, les plats ou l'infini derrière moi. Je monologuais.

Cependant, cela sonnait faux. Son regard était agité. Elle bougeait nerveusement. Elle se forçait à regarder derrière moi mais ses yeux ne pouvaient que se porter instinctivement vers moi. Elle fit même tomber une fourchette ou un couteau, je ne sais plus. Elle ramassa le couvert sur ses cuisses et esquissa des excuses en marmonnant, les yeux baissés.

De mon côté, j'étais également nerveux. Mon discours n'avait ni cohérence ni substance. Je passais de la météo au menu du repas, d'une anecdote concernant un animal que j'avais soigné à une remarque sur un grand peintre qui ne surgissait que par association d'idées.

Ce qu'elle avait dit la veille, et qui n'était qu'une conclusion logique, changeait beaucoup de choses. Notre petit couple ne pouvait plus fonctionner comme il le faisait depuis un an. Nous avions vécu l'un et l'autre comme si le statu quo pouvait durer éternellement. Or le statu quo ne supportait pas la révélation d'une vérité demeurée jusqu'alors cachée, y compris à chacun des protagonistes.

Elle, comme moi, ne pouvions réellement envisager une fin car celle-ci ne pouvait qu'être tragique. Elle pouvait espérer un miracle, une libération, ma mort peut-être, du moins c'est ce que je croyais. Moi, je n'avais aucune porte de sortie. Et je me refusais à en prendre conscience jusqu'alors. J'avais sous-entendu la vérité. Elle l'avait formulée. Plus rien ne pouvait être comme avant.

J'avais posé le dessert sur une petite table à l'écart. Je ramassais les assiettes et les couverts et allais les porter sur la même table. Mais je ne ramenais pas le dessert.

Elle était restée à table, les bras posés dessus bien à plat, le regard toujours perdu quelque part au delà du mur en face d'elle. Elle ne me regardait pas. Je m'y attendais et cela me donnait la possibilité d'agir.

En prenant garde de ne pas être dans son champ de vision, sauf, peut-être à l'extrême limite, là où seules les ombres passent, je me dirigeais vers son cachot et y pris son violon. Je vins poser la boite le contenant sur mon fauteuil, jetant un œil régulièrement vers la musicienne.

Je voyais qu'elle s'agitait. Ses jambes se croisaient et se décroisaient. Elle toussota en mettant une main devant sa bouche mais remit aussitôt ses bras sur la table, bien parallèles.

Revenant vers la table, je ne regagnai pas ma place mais vins à côté d'elle.

« Que diriez-vous de jouer, maintenant ? J'ai posé votre violon sur le fauteuil. »

J'avais parlé d'un ton badin, presque enjoué, comme si nous étions le premier soir, qu'elle avait dîné chez quelque admirateur et qu'elle avait pu remercier son hôte par une ode agréable et légère.

Elle se figea mais ne répondit pas. Je vis de la transpiration couler sur son front et le fond de ses yeux briller plus intensément à cause de l'humidité.

Le silence dura un certain temps.

Je répétais mon invitation sur un ton plus impératif.

« Venez jouer : votre violon est là, sur le fauteuil. »

Je la sentis plus nerveuse. Elle s'agitait. Mais se taisait.

Nous étions au bout du chemin. Le statu quo n'était plus tenable. Tout cela devait cesser. De n'importe quelle façon, cela devait s'achever.

Un an de frustration contenue dans mes tripes voulut exploser. J'avais connu la Beauté et on me refusait de la ressentir de nouveau alors que j'avais tout sacrifié à Elle. Ma vie entière, je l'avais sacrifiée. Plus rien ne pouvait demeurer comme avant. Ni avant notre rencontre, ni avant ce soir.

Le silence s'alourdissait de seconde en seconde. Ma respiration se faisait plus ample au fur et à mesure que la colère m'envahissait. La sienne s'accélérait. Elle avait ouvert la bouche pour mieux aspirer de l'air alors que son diaphragme semblait à peu près paralysé et que sa poitrine tentait malgré tout d'insuffler assez d'oxygène dans son corps.

Il fallait briser le statu quo.

Alors ma colère explosa. Elle explosa dans un déluge d'onomatopées et d'injures.

J'arrachais sa chaise de son emplacement. Elle poussa un petit cri en se retrouvant à mes pieds tandis que le fragile meuble se fracassait contre un mur.

Elle se recroquevilla dans une position proche de celle du fœtus, couchée sur le côté, tandis que j'éructais toutes les malédictions de la Terre, du Ciel et des Enfers, que mon poing s'abattait à plusieurs reprises sur la table. Elle était terrifiée. Ses joues étaient inondées de pleurs. Son corps tremblait.

Mais, une fois passé le petit cri de surprise lorsque sa chaise lui avait été arrachée, elle se taisait.

Le violon

Elle était à mes pieds. Elle était à ma merci comme, au fond, elle l'était depuis un an. Elle se refusait encore à me regarder.

Je me jetais sur le sol à côté d'elle, me mettant à genoux pour obtenir plus de stabilité. D'une main, je lui attrapais avec rudesse une cheville et la fit se retourner. Je lui saisis l'autre cheville et la forçai à se coucher sur le dos en lui écartant les jambes et m'installant entre elles.

D'abord, elle consentit à me regarder avec panique. Elle avait regroupé ses bras sur sa poitrine. Même si elle avait voulu parler, ses tremblements, ses spasmes, l'en auraient empêchée.

Je lisais la terreur dans ses yeux. Et j'en souris, d'un sourire carnassier, comme peut sourire un puma qui, à l'affût, voit enfin arriver à sa portée ce qu'il attendait, sachant bien que sa proie ne peut plus s'échapper.

Ma proie savait qu'elle était à ma merci. Elle le savait depuis un an. Elle attendait visiblement cet instant comme une désagréable délivrance. Elle ne résistait pas. Elle garda d'elle même la position que je lui avais donnée, comme un pantin articulé ne proteste pas quand un enfant le contorsionne dans tous les sens.

Le violon

Je remontais sa jupe en lui caressant ses cuisses jusqu'à la retourner tout à fait sur son ventre. Elle écarta spontanément davantage les jambes tout en détournant son regard. Les sanglots se firent plus forts. Des sanglots de nervosité, de peur, de panique, de désespoir. Mais elle ne prononça pas un mot. Elle ne demanda aucune pitié.

Bras croisés, jambes écartées, jupe relevée, regard détourné, elle attendait son sort.

Mais ma victoire ne pouvait pas être de pure violence. La violence est une défaite. J'allais peut-être la tuer mais il fallait qu'elle sache pour que ma victoire soit réelle.

Alors, je lui dis.

« Je sais que vous jouez quand vous me croyez absent. Je sais que vous rangez votre violon et vos partitions de telle sorte que je sois amené à croire que vous n'y touchez pas. Je connais votre mensonge. »

Sans cesser de pleurer et de trembler, elle me regarda enfin. Ses yeux imploraient. Non, c'est faux. Ses yeux trahissaient sa peur devant un destin inéluctable. Ses yeux trahissait sa panique et son impatience d'une délivrance.

« Je sais que vous jouez parce que je l'ai découvert par hasard en revenant chez moi à l'improviste, un jour. Et lorsque je le peux, je viens vous écouter. Malgré l'épaisseur de la porte et du mur, malgré les circonstances, je vous vois devant moi et je connais de nouveau la Beauté. Vous n'avez pas réussi à assécher mon cœur. Vous avez échoué. »

Alors elle répondit.

« Vous mentez ! »

C'était à peine audible. Elle s'en redit compte et répéta plus fort, avec une voix brisée par les larmes.

« Vous mentez ! »

Je crois que je suis parti sur un fou rire.

Elle se mit alors à crier.

« Vous mentez ! »

Son cri devenait hystérique et répétitif.

« Vous mentez ! »

Je me penchai vers elle et lui attrapai les poignets avant de les projeter de part et d'autre de son corps. Je la crucifiais tout en rapprochant mon visage du sien. Elle se tut. Elle voulait détourner son regard mais sans le pouvoir. J'avais mes yeux plantés dans les siens. Elle haletait.

Je retrouvais soudain mon calme pour lui affirmer avec autorité mon message.

« Non, je ne mens pas. »

Ma bouche n'était qu'à quelques centimètres de la sienne.

« Comment aurais-je su que vous jouiez si je ne vous avais pas entendu ? »

Elle cria avec hargne sa réponse.

« Vous n'avez pas pu connaître la Beauté. Cela est simplement impossible, inaccessible à votre noirceur. »

Je me redressais, triomphant, bras croisés sur la poitrine en la toisant. J'avais renoncé à la colère en faveur de la moquerie.

« Jouez, vous le verrez bien par vous-mêmes. »

Elle recroquevilla ses bras sur sa poitrine. Elle se tut. Son regard restait accroché à moi mais tentait malgré tout de me fuir.

L'une de ses mains s'enfouit dans son corsage et en ressortit un couteau à viande. Elle le posa sur son ventre, le manche tourné vers moi.

« Je l'ai pris il y a quelques jours sans que vous vous en aperceviez » s'excusa-t-elle.

Puis elle resserra un petit peu les jambes tandis que mon rire se muait en surprise.

Ses mains se portèrent sur son bassin. Elle enfouit ses phalanges dans les côtés de son collant et de sa culotte et, jouant sur leur élasticité, les descendit suffisamment pour libérer l'accès à son sexe.

Le couteau, à cause des mouvements de ses reins, tendait à tomber sur le côté. Elle le remit au centre de son ventre, à ma disposition, le manche vers moi, la lame vers sa tête.

Elle devint suppliante.

« Faites vite, je vous en prie. Faites tout ce que vous avez à faire mais que cela se termine au plus vite. Je ne supporte plus tout cela. Je vous en prie : ayez pitié de moi. C'est inéluctable, de toutes les façons. »

Le violon

Chapitre 36

Elle restait persuadée que je voulais la violer. En fait, j'avais bien envisagé de le faire. Mais je l'avais envisagé comme un moyen et non une fin, pour abattre sa résistance, pas pour jouir dans un corps qui m'aurait rejeté avec force.

Le couteau posé sur son ventre était un beau symbole phallique. C'est elle qui l'avait posé comme cela, pas moi. Je ne me rappelle pas si j'ai véritablement connu une excitation sexuelle à cet instant. Sans doute, tout de même : elle me montrait son sexe, j'étais entre ses jambes... Mais j'étais surtout habité par la colère, presque par la haine. Ma frustration était bien au delà d'une considération aussi matérielle, aussi basique, aussi méprisable que le sexe.

Elle était mon chemin vers la Beauté et elle refusait de me laisser passer.

Il fallait que je me venge.

La vengeance est un constat d'échec. Le mal qui a été fait ne peut pas être corrigé. Alors on détruit le fautif. Mais cela ne change rien. Rien du tout. Il y a juste une victime de plus.

Et on ne réfléchit même pas à la légitimité de l'action. Ni si le mal que l'on ressent était ou non juste. J'ai souffert par la faute d'un autre et celui-ci doit le payer. Le paiement doit avoir lieu à n'importe quel prix.

La vengeance est bestiale. La vengeance est stupide. Mais la vengeance est dans les tripes. Elle doit sortir.

La vengeance engendre la violence.

Oh, bien sûr, on peut parfois attendre des années avant qu'une vengeance ne puisse être délivrée. Avant que les tripes ne se libèrent de cette maladie qui les rongeait.

La vengeance peut être froide. Elle n'en est que meilleure, dit-on.

Chapitre 37

En fait, nous restâmes dans la même position durant de longues minutes. Elle m'avait estomaqué. D'abord, elle avait encore réussi à soutirer un couteau sans que je le remarque. Ensuite, elle l'avait sorti en me priant de la tuer. Elle n'avait pas eu le moindre geste agressif à mon égard.

Comptait-elle réellement que je la tue ? Le souhaitait-elle ou bien n'était-ce qu'une stratégie pour m'amener, moi, à mon point de rupture voire à mon suicide ? En m'incitant à la violer, n'était-ce pas une composante de cette même stratégie ? La stratégie aurait été dangereuse, même s'il s'était agi d'une stratégie du dernier espoir. Et puis, avec tout ce qui arriva, je suis persuadé qu'elle était sincère.

Je saisis le couteau et le regardais. Je savais où frapper exactement pour la tuer. Un corps humain n'est pas très différent des corps d'animaux que je soigne à longueur d'année.

J'approchais mon couteau de l'artère inguinale : sa culotte baissée m'y laissait un accès parfait. Le corps est mou, sans résistance, si l'on frappe au bon endroit.

Elle tremblait. J'entendais ses pleurs.

Je jetai un œil vers son visage.

« Vous tremblez. Vous ne voulez pas que je vous tue. »

Elle respira et bloqua ses poumons; fermant les yeux. Ses tremblements se réduisirent.

« Qu'avez-vous fait pour mériter de mourir ? Ne suis-je pas celui qui devrait mourir plutôt, pour vous libérer ? »

Après une seconde, elle répondit à mon interrogation.

« Nul ne mérite la mort. Elle n'est qu'une voie qu'il peut être commode d'emprunter ou de faire emprunter. »

Une pause. Et elle reprit.

« Il est inévitable que vous me tuiez. »

« Et pourquoi devrais-je vous violer avant ? »

« Vous n'êtes qu'un homme. Votre quête de la beauté n'est qu'une forme de sexe. Et vous le savez au fond de vous. Je préfère que vous ne profaniez pas mon cadavre et que vous fassiez tout ce que vous avez à faire maintenant. »

« Pour générer plus de douleur encore ? »

« Cela a-t-il vraiment de l'importance ? »

Je me redressais, portant toujours le couteau dans ma main fermée, comme si je m'apprêtais à éventrer de bas en haut un sac suspendu.

Je lui demandais : « N'avez-vous donc pas peur ? »

« Bien sûr que si. Nous avons tous peur de l'inconnu. Autant cumuler ses peurs et que tout l'inconnu disparaisse d'un coup. »

« Pardon ? »

Elle se mordit les lèvres et se tut.

Il me manquait encore des réponses. La curiosité l'emportait de plus en plus sur la colère ou la frustration. Je ne pouvais pas m'empêcher de l'admirer.

« Pourquoi refusez-vous de... »

« Vous n'êtes pas digne. Et maintenant que je sais que vous pouvez m'écouter, il ne me sera plus possible de jouer. Alors tuez-moi maintenant, je vous en prie. Que l'on en finisse. »

Je secouais la tête.

« Je ne le peux pas. Je suis vétérinaire, j'ai voué ma vie à la vie. »

Je posais le couteau sur la table. Nous étions tous les deux apaisés et nous nous regardions comme si nous tentions de nous apprivoiser. Nous cherchions un moyen de sortir de notre position qui devenait ridicule. Je crois que j'ai ri en premier. J'ai éclaté de rire. C'était un rire gras, puissant, qui me libérait. Elle me rejoignit bientôt. Nous utilisâmes le rire pour évacuer la tension. Des larmes de rire nous inondaient.

Le violon

D'un geste hésitant, je lui remontais sa culotte et ses collants. Elle m'aida en réajustant ses sous-vêtements. Je me relevais en l'aidant à le faire.

« Et maintenant ? » demanda-t-elle.

« Recommençons. »

Chapitre 38

J'allais chercher sa chaise et la remis droite. Elle s'assit.

« Comment allons-nous sortir de cette impasse ? » me demanda-t-elle en me regardant avec un air suppliant.

« Je ne sais pas. Je n'ai pas pu vous tuer. »

« Je n'ai pas pu, moi non plus. Si je vous ai pris un couteau, c'était pour tenter de me suicider. Mais je n'ai pas pu. J'ai manqué de courage. Je comptais sur vous. »

« Il n'est pas simple de mourir. Et je crains qu'il ne soit plus compliqué encore de tuer. Je suis désolé de vous décevoir. »

« Il y a pourtant de nombreux assassins. »

« Mais aucun n'a découvert la Beauté. »

« Nous voilà bien. Qu'allons-nous faire ? »

« Prendre le dessert, pour commencer. »

« S'il vous plaît, pouvez-vous, auparavant, m'offrir un verre de vin rouge ? »

Je lui souris comme on sourit à un enfant qui demande un bonbon. Je me dirigeai vers la cave et composais le code d'accès.

Elle s'était tournée et me regardait.

Le violon

Chapitre 39

J'ouvris en grand la porte de la cave, allumai la lumière et allai au fond. Les grands Bordeaux : c'est ce qu'il nous fallait pour nous remettre, pour conclure une paix.

J'entendis la porte claquer dans mon dos.

Je me retournai : la porte avait été fermée. Je me précipitai sur la poignée, tentai d'espérer que je pouvais ouvrir. Non, inutile. Je le savais. J'avais moi-même fait installer cette porte. Sans mettre de code à l'intérieur de la cave.

Mais ce n'était pas une véritable imprudence : la porte ne pouvait pas se refermer seule. Elle était même équilibrée de telle sorte à spontanément s'ouvrir.

Elle l'avait fermée.

Elle riait. Elle avait un petit rire nerveux. Pas un rire de joie. Pas même un rire d'explosion, de soupape comme nous avions eu quelques instants plus tôt.

Je collais mon visage à la porte. Je frappais du plat de ma main, à plusieurs reprises, cherchant à... Cherchant à quoi, au juste ? La colère se disputait au désespoir, c'est tout.

Elle piétinait devant la porte comme une démente.

173

Enfin, elle parla.

« Comme vous ne pouvez pas me tuer, il faut trouver une autre conclusion à cette histoire, n'est-ce pas ? »

« Pourquoi ne m'avez-vous pas tué plutôt ? »

« Comment aurais-je fait ? Vous êtes bien plus fort que moi. Non, cette porte sera ma protection. »

« Mais comment comptez-vous sortir ? »

« Avec le code. »

« Je ne vous le donnerai pas. Jamais. »

« Vous l'avez déjà fait. En m'offrant du vin. J'ai vu le mouvement de vos doigts. »

Je l'entendis essayer le code sur la porte de son cachot. J'entendis la gâche électrique se déclencher. Je l'entendis triompher.

« C'est en effet le même code pour les deux caves » lui confirmai-je.

« Le jour et le mois de votre naissance, n'est-ce pas ? »

Je ne dis rien.

« Si le code est différent là haut, cela doit être l'année. Je peux estimer votre âge, prendre une marge de sécurité et taper les années les unes derrière les autres. Cela ne me prendra que quelques minutes. »

Le violon

Dans un sanglot, je lui donnais la bonne réponse.

Il y eut un bruit de chiffon. Elle prenait quelque chose dans la pièce à côté. Puis ses pas s'éloignèrent rapidement. Elle courait. Elle bouscula le fauteuil. Le coffret du violon heurta un meuble. Elle partit dans l'escalier.

Le violon

Chapitre 40

Je m'effondrais dans la cave, le dos contre le mur, les jambes étendues, les mains réunies entre mes cuisses comme si les menottes les enserraient déjà. Mon sort était réglé. Ce que je craignais par dessus tout était advenu. Elle s'était échappée et j'allais devoir assumer mon geste devant la justice des hommes.

Le droit pénal n'était pas mon fort. Je suis vétérinaire, pas avocat ou juge. Mais, cependant, il m'était évident que j'allais passer l'essentiel de ma vie en prison.

Finalement, ce qui me gênait le plus, dans mes noires réflexions, c'était mon absolue déshonneur. Comment réagiraient mes amies qui avaient, cette année, partagé mon lit ? Comment se sentiraient-elles en sachant qu'elles avaient gémi de jouissance sous mes efforts tandis que je retenais prisonnière une autre femme ? Que penseraient-elles de moi ?

Et ma secrétaire qui devait entrer toutes les nouvelles données dans le nouveau système informatique ?

Je songeais au suicide, bien entendu.
J'en eu le temps.

Le violon

Après coup, je me trouvais mille méthodes pour me tuer. Mais, dans l'instant, sous l'émotion peut-être, ou par manque de courage, je ne voyais pas comment procéder. J'étais pourtant entouré de bouteilles de verre, parfaites pour me fournir un tesson suffisant pour me trancher toutes les artères du corps.

Briser une bouteille contenant un grand cru n'aurait-il pas été un crime abominable ?

Je vous sens dubitatif. Pourtant, c'est la vérité : il ne m'est pas venu un seul instant l'idée de briser une bouteille afin de pouvoir m'ouvrir veines et artères. Il est toujours plus facile de songer à ce genre de choses à froid, en dehors d'une situation de crise. Or je suis un amateur de vins, de liqueurs. Je suis un esthète. Je suis un admirateur de toutes les beautés au point de me damner pour elles. Il m'était simplement inconcevable de détruire volontairement une bouteille, une œuvre d'art.

Si, au moment où la porte s'était refermée, j'avais fait échapper une bouteille que j'aurais eu en main, si celle-ci s'était brisée et si j'avais eu, par conséquent, des tessons déjà en main, peut-être mon histoire se serait-elle achevée comme cela.

Mais ce ne fut pas le cas.

A cet instant là, je n'avais pas encore écrit une seule ligne de ce que vous lisez en ce moment.

Le violon

J'étais donc dans un état de prostration et de désespoir qui me paralysait l'esprit. Celui-ci tournait en boucle autour de mon châtiment et de ma culpabilité, de mon admiration pour la Beauté et de mes regrets que tout ce soit déroulé ainsi. Je maudissais le Destin.

Le violon

Chapitre 41

Combien de temps cela dura-t-il ? Je ne sais pas vraiment. Plusieurs heures peut-être.

Je vis la porte s'ouvrir. Je n'avais rien entendu. Mon cerveau s'était fermé à toute sensation extérieure et il avait fallu une évidence incontournable comme l'ouverture de la porte pour me sortir de mon autisme.

J'attendais la police. Mais l'embrasure ne fut habitée que par elle.

Elle était dans un état d'excitation terrible. Mais ce n'était pas la sauvageonne que j'avais déjà vue. Même si elle me menaçait du couteau abandonné sur la table.

Face à moi, elle me toisait. Je restais prostré sur le sol, soumis, attendant mon sort, me contentant de la regarder d'un air suppliant et contrit.

Plusieurs minutes, je crois, passèrent. En tous cas, j'ai le souvenir d'un instant assez long. Mais mon souvenir peut être altéré, après tout.

C'est moi qui rompit le silence.
« Je vous comprends : il est juste que vous me tuiez plutôt que de me livrer à la police. Je ne

résisterai pas. Pour faire croire à une bagarre et à une légitime défense, il vaut mieux frapper au ventre, à peu près au niveau du nombril, puis... »

« Arrêtez ! Taisez-vous ! »

Elle avait hurlé.

Son regard était devenu, en un clin d'œil, hystérique.

Elle resta quelques secondes à me dévisager. Mon désespoir laissait petit à petit la place à de la curiosité. Mais je n'eus plus l'envie de la tuer. J'aurais sans doute pu me lever, lui arracher le couteau des mains et l'assassiner. Mais j'y avais déjà échoué. C'était trop tard.

« Levez-vous ! »

Je la regardais, incrédule.

« Levez-vous ! » hurla-t-elle en me menaçant du couteau.

J'obtempérai. Plus par instinct, par soumission consentie, que par peur pour ma vie. Cette dernière n'avait plus aucune valeur pour moi. Il me semblait évident qu'elle était revenue pour me tuer.

Elle ne voulait pas se venger en me livrant à la police. Son incarcération d'une année exigeait en compensation le prix du sang.

Elle recula vers l'auditorium, vers la table où nous prenions nos repas. Son couteau demeurait pointé vers moi et, de l'autre main, elle m'intimait l'ordre de la suivre. Je le fis sans résistance, simplement hébété.

Elle recula tant et si bien qu'elle heurta la table avec son dos. Elle fit une grimace. Cela lui avait fait mal.

Elle me fit un geste avec le couteau vers le fauteuil.

« Allez vous asseoir » ordonna-t-elle pour être certaine d'être bien comprise.

Je lui obéis encore, comme un automate ou un zombie.

Elle fut hors de mon champ de vision quelques secondes et je l'imaginais dans mon dos prête à me frapper du couteau qu'elle pointait. J'ignore, maintenant que j'y pense, où elle avait posé le violon qu'elle avait emmené. Sans doute sur la table.

Je m'assis. Je posais mes bras sur les accoudoirs du fauteuil. Si je m'installais le plus confortablement possible, j'étais malgré tout extrêmement tendu.

Je faisais donc face à ma chaîne Hi-Fi, comme lorsque je me réfugiais ici pour écouter quelque disque.

Le violon

Gardant le couteau en main, elle posa la boite du violon sur le sol près du mur de son cachot, au niveau de l'armoire, et l'ouvrit.

Je la suivais du regard sans croire ce que je voyais.

Quand elle se redressa, elle portait son violon en main, ainsi que son archet, et s'apprêtait à en jouer.

Je devais être bouche bée. Peut-être esquissai-je un geste comme pour me lever ou me pincer. Son visage était dur et elle ordonna d'un ton sec : « ne bougez pas. Enfoncez-vous dans votre fauteuil. Si vous faîtes le moindre geste suspect, je serais avant vous en possession du couteau. Et je vous tuerais. »

Elle s'installa face à moi, comme le tout premier soir. Et elle se mit à jouer.

Chapitre 42

Au départ, elle fut tendue. Elle ne jouait pas parfaitement. Il y eut même des fausses notes. Je grimaçais d'un air désapprobateur. Elle se mordit les lèvres en s'arrêtant de jouer.

Elle murmura un « pardon ». Elle ne s'adressait visiblement pas à moi. A la musique, à la Beauté, à son violon ? A elle-même ou à son talent peut-être ? Je ne sais pas.

Regardant le sol, elle marqua une pause. Puis elle porta les yeux au plafond en se mettant quasiment au garde-à-vous, l'archet le long de sa cuisse droite tandis que le violon se couchait sur la gauche.

Elle respira alors fortement durant quelques secondes.

Puis elle reprit sa position et se mit à jouer avec une habileté enfin digne de son talent.

Son regard aurait pu passer pour dur. Il était juste concentré. Elle le pointait vers moi mais ne me voyait pas. Elle n'était plus sur Terre. Elle était au sein de la Beauté.

Et j'étais avec elle.

Le violon

Chapitre 43

Je ne sais pas combien de temps dura le concert. Le temps n'existait plus.

Lorsque le violon se tut, elle s'effondra à demi sur l'armoire derrière elle. Le meuble trembla et gémit. L'instrument demeurait dans son bras replié mais l'archet était revenu le long de sa cuisse.

Avais-je commencé d'envisager d'esquisser un geste pour aller la soutenir ? Elle me menaça avec l'archet et m'ordonna : « ne bougez pas ! »

Tout en gardant le fragile objet pointé vers moi, comme si ces quelques grammes du bois le plus fin et d'une corde fragile auraient pu me faire le moindre mal, elle hyper-ventilait et déglutissait avec difficultés. Comme sous l'effet d'un épuisement total et d'une menace mortelle conjoints.

Je n'avais qu'une conscience limitée de ce qui se passait. J'étais encore dans le royaume de la Beauté. Il faut du temps pour revenir sur Terre.

En fait, cette fois là, l'atterrissage fut brutal.

Elle avait posé le violon et l'archet sur une étagère de l'armoire où était placée ma chaîne Hi-Fi. Et elle m'asséna une gifle puissante. Ma seule

187

réaction fut, je crois, de redresser la tête, de la regarder, incrédule et bouche bée, ne comprenant rien. Elle me perçait d'un regard de haine.

L'autre main devait la démanger et j'eus droit au retour après l'aller.

Puis ce fut un déluge de coups. Elle avait littéralement sauté sur le fauteuil, assise je ne sais comment, plus ou moins à califourchon sur mes genoux ou sur les accoudoirs. Et elle me frappait avec rage.

« Je vous hais ! Je vous hais ! Pourquoi est-ce vous ? Je vous hais tant ! »

Elle répétait cette imprécation avec des variantes tout en me frappant. Elle pleurait de rage.

Je réfugiais mon visage dans sa poitrine et je la serrais dans mes bras. Elle pleurait de plus en plus fortement tandis que les coups devenaient plus rares. Je ne dis rien.

Elle finit par serrer ma tête contre elle en se contentant de pleurer et de crier son désespoir ou sa rage.

Sous le coup de l'épuisement, elle s'effondra sur mes genoux. Mon visage se retrouva collé au sien par les joues. Elle me serrait contre elle.

Elle n'avait plus la force de crier, plus la force de frapper, plus même la force de pleurer, à peine celle de respirer. Je sentais son cœur battre la chamade dans sa poitrine blottie contre la mienne.

Elle se mit alors à me murmurer dans l'oreille, sans s'arrêter, comme on récite un mantra, de plus en plus doucement : « je vous hais, je vous hais tant ! Pourquoi fallait-il que ce soit vous ? »

Le violon

Chapitre 44

Quand elle eut repris suffisamment de force, elle s'arracha brutalement à moi et se leva. Elle ne me regarda pas plus que l'on regarde un siège des toilettes lorsque l'on vient de tirer la chasse d'eau. Elle se détourna de moi avec dégoût. Ses yeux rouges et son visage défait révélait un profond désespoir. Son chemisier humide collant à sa peau révélait mes propres larmes. Mais elle ne s'en souciait pas.

Trébuchante, comme épuisée et saoule, elle courut se mettre à l'abri dans son cachot dont elle claqua la porte.

Je la suivis du regard tout en doutant de la réalité de ce que je voyais. Totalement abruti, je m'effondrais alors littéralement dans mon fauteuil, les bras ballants sur le côté, mon regard fixé sur le violon et l'archet, abandonnés là, face à moi.

Je ne pus me lever et c'est là que je m'endormis.

Le violon

Chapitre 45

On peut rêver d'un réveil plus romantique mais c'est bien ma vessie qui en fut la cause. Ce fut un réveil pâteux, comme d'un lendemain de cuite. Je me précipitais aux toilettes pour libérer mon corps.

Puis je revins observer l'endroit où j'avais passé la nuit.

La vaisselle sale du repas de midi de la veille était bien toujours là. Le violon également, abandonné sur une étagère. J'eus peur qu'il ne tombe et je le rangeais dans sa boite, que je laissais là où elle était, sur le sol. J'en retirai juste le couteau sale que je joignis au reste de la vaisselle, emmenant le tout pour le laver. Je nettoyais tout, sans cesser de regarder la porte close du cachot où devait dormir mon invitée. Je refermais la porte de la cave à vins après y avoir éteint la lumière, plus par soucis d'un ordre qui devait être restauré qu'autre chose.

Il était déjà tard pour un lundi, jour de semaine, mais je n'oubliais pas que j'étais en vacances.

Le violon

Je montais la table pour un petit déjeuner ordinaire. Comme je l'avais fait durant un an. Je n'omis pas les couteaux pour le beurre. Ni l'un ni l'autre ne pouvions tuer : les couteaux n'avaient aucune importance.

J'hésitais face à sa porte. Enfin, je frappai. J'entendis un « entrez » manquant d'assurance pour un impératif.

J'ouvris la porte. Elle était face à moi, debout. Elle s'était lavée, habillée, coiffée. Ses yeux étaient encore rouges mais elle avait fait le maximum pour ressembler à une jeune femme en forme, en pleine possession de sa beauté, de sa jeunesse, de sa féminité.

« Vous êtes déjà prête ? » lui dis-je sans malice, juste avec la marque d'un véritable étonnement.

« Vous êtes réveillé depuis longtemps maintenant et j'ai eu le temps de m'apprêter » répondit-elle sur un ton d'excuse.

Nous nous assîmes à nos places habituelles et commençâmes à manger. En silence. Mais ce n'était pas comme d'habitude. De nous deux, c'était moi désormais qui regardait le plus mon repas. Et elle ne portait plus son regard vers un infini situé loin derrière moi mais le stoppait sur moi.

Le violon

Je m'aperçus même, au bout d'un temps, qu'elle avait fini son petit déjeuner, vidé sa tasse de thé, et qu'elle me regardait. En souriant. Un sourire un peu gêné, hésitant, sans aucun doute. Un sourire qui voudrait dire « bon, repartons sur de nouvelles bases ». Mais un sourire. Je crois son premier sourire depuis un an qui me soit adressé ou en ma présence.

Interloqué, je posais ma propre tasse et me mis à la regarder. Mon étonnement était tel que je ne parvins pas à sourire en retour pour autant que je m'en souvienne, du moins pas un vrai sourire.

C'est elle qui brisa le silence, cela j'en suis sûr.

« Vous êtes bien silencieux ce matin. »

J'acquiesçai.

« Je pensais... » hésita-t-elle.

« Oui ? » l'encourageais-je.

« Eh bien, je pensais que vous souhaiteriez me poser quelques questions. »

« Est-ce que vous y répondriez ? »

« Si ce sont celles que j'attends, sans aucun doute. Et il serait préférable de les poser dans l'ordre. Ce sera plus simple pour y répondre. »

« Pourquoi êtes-vous revenue ? »

« Celle-ci serait mieux en dernier, je pense, ou, en tous cas, plus tard » s'esclaffa-t-elle, soudain animée d'une joie qui ne semblait pas feinte.

Son petit jeu m'intriguait. Son sourire n'était plus hésitant mais espiègle. Je me redressai dans ma chaise, achevai mon café d'une traite, posai mes bras sur la table et lui fit comprendre par un « bien » sonore que je relevais son défi. Elle en fut satisfaite et même joyeuse.

« Par quoi attendez-vous que je commence ? » demandais-je.

« Je suggère l'ordre chronologique. »

Après un temps de réflexion, je me lançai.

« Si vous avez retenu le code et que vous m'avez enfermé dans ma cave à vins, c'était bien pour vous enfuir et recouvrer votre liberté ? »

« En effet. »

« Dans ce cas, pourquoi m'avoir incité à vous tuer ? »

« Pour simplifier, en attendant la fin de vos questions, disons qu'il me semblait que c'était la seule sortie possible. J'avais bien étudié la situation et je ne croyais pas pouvoir m'enfuir. Mais notre échec commun à me faire mourir ouvrait de nouvelles perspectives. »

« Votre fuite était liée une opportunité imprévue, c'est bien cela ? »

« On peut le dire, en effet. Une opportunité que je n'espérais plus. Du moins dans un délai suffisamment court pour advenir avant que vous ne soyez obligé de toutes les façons de me tuer. »

« Vous considériez donc que votre mort était inévitable à relativement brève échéance ? »

« En effet. Et c'était douloureux, stressant. Je préférais donc que nous en finissions le plus rapidement possible. »

« Bon. Donc, vous vous enfuyez... »

Elle acquiesça. Je repris.

« Mais, malgré la conquête de votre liberté, malgré la faculté de vous venger ou, en tous cas, de me faire arrêter, vous êtes revenue et vous vous êtes vous-mêmes ré-enfermée. Mais pourquoi ? »

« Posez mieux votre question. »

Je me mis à réfléchir en silence, me grattant le sommet du crâne et plissant les yeux en l'observant alors qu'elle semblait de plus en plus hilare, comme si elle m'avait posé une devinette subtile et qu'elle se réjouissait de me tenir en échec.

Une question jaillit soudain de ma gorge.

« Mais que s'est-il passé entre le moment où vous vous êtes enfuie et votre retour ? »

« Voilà une excellente question. »

Elle marqua une pause, savourant l'instant. Elle sourit en me voyant nerveux, dans l'attente de la réponse. Nous avions tous les deux oublié que j'étais un tortionnaire et elle ma victime. Nous négligions le fait incontestable que l'un ou l'autre (voire l'un et l'autre) devrait mourir. Nous étions deux gamins en train de jouer aux devinettes.

Elle reprit enfin.

« Cela faisait un an que je n'étais plus sortie de votre cave. Un an. Dès lors que je fus dans la rue, l'angoisse m'étreignit de plus en plus. Une angoisse abominable qui devint insupportable lorsque j'arrivais dans une rue passante et commerçante. Je me plaquais littéralement au mur d'une maison, regardant comme abrutie ces gens indifférents passer devant moi. Certains me dévisageais mais aucun ne m'adressa la parole. Au bout de quelques instants, je fis ce que j'ai toujours fait dans une situation de stress : je posais l'étui de mon violon sur le sol et je me munis de mon instrument. Je me mis à jouer en pleine rue. Les passants se contentaient de passer. Quelques uns me jetaient un regard. Certains jetèrent une pièce dans mon étui de violon. »

Son sourire avait disparu. L'angoisse qu'elle avait connue lui revint dans les traits. Elle contait une tragédie. Et il manquait la chute. Sa dernière phrase avait presque été crachée avec mépris.

« Je ne pus le supporter. Leur transgression était, à tout prendre, bien pire que la votre à mes yeux. Mon angoisse se mua en haine. Contre eux. Contre vous. Contre leur indifférence envers la Beauté, leur insulte adressée à la Beauté. Contre le crime d'enlèvement et d'enfermement dont j'avais été victime. »

Elle était au bord des larmes. J'entrepris de la soulager en lui posant la question.

« Je pense qu'il est temps pour moi de vous demander : pourquoi êtes vous revenue ? »

« D'abord, parce qu'il fallait que je sache... »

Un silence. Je le brisais par impatience.

« Que vous sachiez quoi ? »

« Si j'étais seule... »

Elle se leva en renversant sa chaise et s'enfuit dans son cachot en claquant la porte derrière elle.

Je l'entendis pleurer. Je décidais de la laisser : elle avait besoin de s'isoler

Et j'avais du travail.

Le violon

Chapitre 46

J'eus du mal à faire mon travail domestique. Je tentais de comprendre ce que mon invitée m'avait dit. Et je dois avouer que je n'y parvins pas tout de suite.

A l'heure même où j'écris ces lignes, je ne sais pas si j'ai bien tout compris. Je peux bien avouer aujourd'hui que je me suis mis à écrire aussi pour m'aider à comprendre ce qui c'était passé. Mais n'allons pas trop vite. Je pourrai toujours relire plus tard, même en sautant des passages ou au contraire en lisant et relisant plusieurs fois le même paragraphe.

Le midi vint.

J'allais la chercher, comme à mon habitude. Elle s'était recomposée un visage assez neutre bien que souriant. Son expression semblait me demander pardon de m'avoir abandonné si brutalement le matin même. Je lui adressai un sourire bienveillant qui sembla la rassurer.

Je servis l'entrée.

Nous mangeâmes d'abord en silence.

Cette fois, c'est moi qui rompit le silence.

« Acceptez-vous de continuer votre récit ? »

Elle acquiesça.

« Je ne sais pas si je dois raconter un récit en le reprenant là où je l'ai laissé. »

« Que voulez-vous dire ? »

« Je vais réaliser dans quelques instants ce que, en cinéma, on appelle un flash back. »

« Faites comme il vous convient... »

« Merci. »

Je fus étonné de ce remerciement au point qu'il me marqua. Bien sûr, je n'enregistrais rien et tout ce que j'écris ici est une recomposition à partir de mes souvenirs mais ce « merci » est très authentique. Et il n'était pas du tout ironique, j'en suis certain.

Le silence s'installa. Elle réfléchissait. Ou bien elle hésitait à me révéler son intimité la plus secrète. Aujourd'hui, je me dis qu'il y avait sans doute un mélange des deux.

« J'ai consacré ma vie au violon et à la musique. C'est ce que dirait mon agent. S'il se souvient de moi. Je suis orpheline mais l'accident eut lieu alors que j'étais déjà une jeune adolescente. Je jouais déjà, comme finalement beaucoup d'enfants. D'abord pour plaire à mes parents. Puis parce que je commençais à être séduit. Puis cela devint un loisir qui m'occupait presque trop, au point d'inquiéter mes parents. Après l'accident, je n'avais plus de famille. Je me réfugiais dans la musique. Dans le foyer qui me recueillit, on m'y encouragea. Cela pouvait me remettre d'aplomb, pensait-on.

Puis je réussis un concours et j'entrais dans un internat spécial. Contrairement aux autres, je ne sortais pas lors des vacances scolaires puisque je n'avais plus personne pour m'attendre. Pour les enseignants ou les éducateurs, c'était la seule raison pour laquelle je me consacrais jours après jours à mon violon. Ils n'avaient pas compris. Je réussis concours après concours et je devins rapidement professionnelle. »

« Qu'auraient-ils dû comprendre ? »

Elle hésitait.

Elle me regarda, un véritable défi dans les yeux.

« Vous-mêmes, vous n'avez pas compris ? »

L'évidence me saisit. Il suffisait de la clamer.

« Vous vous étiez consacrée à la Beauté. Le reste n'était qu'accessoire. »

Elle hocha la tête avec insistance tout en l'inclinant de plus en plus. Son menton finit sur sa poitrine, immobile.

Quand son visage se redressa, au bout d'un instant, elle me demanda d'une voix chevrotante : « auriez-vous l'obligeance de me servir un peu de vin, je vous prie ? »

« Bien sûr » lui répondis-je aussitôt, étonné d'une telle requête.

Le violon

En entrant dans la cave, je fis attention régulièrement à elle. Même si je ne pensais pas qu'elle tenterait de nouveau de s'enfuir en m'enfermant, je ne voulais plus prendre de risque.

Je choisis un vin assez vieux, rouge bien entendu, mais que je savais malgré tout encore assez fruité et pas trop tannique. Il accompagnerait parfaitement le plat sans casser l'entrée.

Une fois la bouteille sur la table, je l'ouvris puis j'allais chercher de grands verres à vin ainsi qu'une carafe. Mon invitée resta silencieuse durant toutes les opérations mais elle ne cessait pas d'observer jusqu'au moindre détail avec une certaine satisfaction. Je décelais chez elle une angoisse importante.

Je versais donc le vin en carafe en le faisant bouillonner afin de l'oxygéner au maximum. J'interrompais d'ailleurs régulièrement le versement pour agiter la carafe. Je laissais au fond de la bouteille ce qui devait y rester.

Je m'assis et servis un peu de vin au fond des deux grands verres.

« Merci » répéta-t-elle.

Nous n'entrechoquâmes pas nos verres mais nous les levâmes en une salutation amicale. Puis nous dégustâmes en fines gorgées et humages appropriés, le nez penché dans le verre pour ne rien laisser échapper de la subtilité olfactive du nectar.

Je posai mon verre et attendis.

Elle hésita un certain temps et finit elle aussi par poser son verre, avec un soupir.

Il y eut encore un silence. J'attendais, l'encourageant avec un sourire.

« Avez-vous maintenant compris pourquoi je suis revenue ? »

« Je le crois. »

« Et... » m'encouragea-t-elle.

« Vous êtes revenue vérifier que j'étais également subjuguée par l'authentique Beauté, que vous n'étiez pas la seule. »

« En effet. Mais encore ? »

« Mais je ne comprends pas pourquoi vous avez voulu être de nouveau ma prisonnière. Pourquoi ne pas vous être vengée ou simplement enfuie ? Pourquoi restez-vous à présent ? »

Elle m'encouragea à servir le plat tandis qu'elle réfléchissait à la manière de me révéler la suite.

« Me permettez-vous un nouveau flash back ? »

« Je vous en prie. »

« J'avais une vie rêvée. Je vivais dans la Beauté et par la Beauté. La servir était ma profession. Ce pour quoi j'étais prêt à tout donner, tout sacrifier, m'était payé, me permettait de vivre. Bien entendu, quand vous m'avez enlevée, je vous ai craint. Je vous ai haï. Surtout au départ puisque vous me priviez de mon violon. Et puis vous me priviez surtout de ma vie rêvée, idéale. Vous brisiez ma carrière. »

« Et croyez que j'en suis... »

Je n'eus pas le loisir de m'excuser. Elle me stoppa d'un geste absolument impératif.

« Ma vie avait un but : servir la Beauté. Dès que j'ai pu, je me suis mis à célébrer de nouveau son culte. Je refusais l'hérésie, le sacrilège, de vous en faire profiter. Mais mon approche a changé depuis cette nuit. Je pense désormais que vous êtes digne. »

« M'accorderez-vous, par conséquent... »

Nouveau geste impératif, cette fois accompagné d'un sourire.

« Oui, je vous accorderai ce que vous souhaitez. Je vous donnerai ce pour quoi vous m'avez enlevée. A la seule condition que vous m'accordiez la mort le soir même où nous célébrerons l'anniversaire de notre année de vie commune, samedi soir prochain. »

« Vous, comme moi, avons échoué... »

« Vous, comme moi, savons que ma mort est inévitable pour dénouer la situation. Une situation inconfortable, stressante, douloureuse. Et, pour vous, porteuse de risques. »

Le violon

« Mais pourquoi ne pas chercher une solution qui vous permettrait de vivre, à l'étranger par exemple ? »

« La mort est une voie qu'il peut être confortable d'emprunter ou de faire emprunter. »

Je veillais à alimenter nos verres en vin tandis que nous mangions et buvions.

Notre discussion à bâtons rompus était amicale, étrangement amicale, pour deux personnes séparées encore la veille par un mur de haine.

Nous marquâmes un silence, juste habillé d'une dégustation du vin.

Je décidais de lui poser directement les questions qui me hantaient.

« Pourquoi m'avez-vous incité à vous violer ? Vous saviez que cela n'était pas mon optique. »

« Je sais ma mort inévitable et je la désire. Elle me terrifie malgré tout. C'est pourquoi je souhaite abréger mes souffrances, mon attente, mon supplice. De la même façon, au delà de la bestialité que je vous ai prêtée, peut-être à tort, il me reste une chose à découvrir de la vie, chose que j'ai sacrifiée. Ou plutôt non : oubliée. Et elle me terrifie tout autant. »

Je pris l'initiative de l'interrompre.

Le violon

« Vous souhaitez ne plus être vierge le jour de votre mort. Qu'importe comment. Ce serait contraire à l'harmonie que vous mourriez sans... »

« Sans avoir eu l'occasion de me vautrer dans la jouissance physique. »

Je souris, amusé de la simplicité de cette explication.

Malgré tout, je revins à la charge.

« Mais pourquoi ce désir de mort et, surtout, pourquoi souhaitez-vous que je vous tue ? »

« J'ai été incapable de me tuer moi-même. »

« Mais vous pouviez vous jeter dans une rivière et vous noyer ou sous une voiture, un train... »

« Il n'est pas simple de franchir l'ultime pas vers la mort. Que ce soit pour la donner ou la recevoir. Et, quelque part, vous achèverez alors de me ressembler. »

« De vous ressembler ? »

« Pour servir la Beauté, vous n'avez pas hésité à commettre un crime : m'enlever. Autant achever votre œuvre. »

« Mais quel rapport avec v... »

« Mes parents voulaient que je me consacre moins à mon violon. Ils voulaient que je devienne normale, que j'oublie la Beauté qu'eux-mêmes n'avaient jamais découverte. J'ai provoqué l'accident. J'ai tué mes parents. »

Le repas s'acheva dans le silence.

Le violon

Chapitre 47

Pour la première fois, elle ne rentra pas dans son cachot à la fin du repas. Elle voulut m'aider à débarrasser mais je lui fis comprendre que ce n'était pas adéquat. Elle restait mon invitée. Elle attendit sagement à table que j'eus terminé.

Je lui amenais ensuite son violon.

« Tiendrez-vous votre promesse ? »

Elle rétorqua aussitôt.

« Est-ce que vous me faites la votre ? »

J'hésitais un instant.

« Je suis vétérinaire. Je me suis consacré à la vie, à la sauver, à la chérir. »

« A l'élevage d'animaux de compagnie bien dressés, éventuellement mis en cage comme moi... » sourit-elle.

« Je ne considère pas que... »

« Passons ce débat sans intérêt. Acceptez-vous le marché que je vous ai proposé ? »

« Je n'ai pas été convaincu par votre explication. Achever de me transformer en criminel endurci, violeur et assassin en plus d'être kidnappeur, et sans que vous ne le voyez comme une vengeance contre moi, me semble une motivation insuffisante pour vouloir mourir. »

« La Beauté est une maîtresse exigeante. Vous le découvrirez au fil des années. Me consacrer totalement à Elle m'a épuisée. Je veux la quitter et la mort est la seule manière d'y parvenir. Le point de rupture, je l'ai vécu lorsque je me suis aperçu que, au fond de moi, j'aimais mon enfermement. Plus encore qu'une carrière professionnelle de musicienne, il me permettait de me consacrer entièrement à Elle. »

« Et votre conscience ? Avoir tué vos parents ? »

« Non, cela ne joue que peu. Et il y a si longtemps... »

Je hochai la tête, pensif.

Elle me regarda dans les yeux d'un air suppliant.

« J'ai échoué à vous tuer par haine ou par peur » lui dis-je.

« Acceptez alors de le faire par amour. Pas de moi, bien sûr, mais de la Beauté. »

« Mais comment... »

« Vous êtes vétérinaire. Vous disposez de ce qu'il faut pour réaliser des euthanasies. Considérez cette opération comme une euthanasie. »

« Cela ne sera pas facile. »

« Je vous aiderai de toute ma force. »

Pour éviter son regard, je me tournai. Qu'elle regarde mon dos me mettait tout de même mal à l'aise. Il était évident que je n'avais pas le choix. De toutes les façons, il fallait qu'elle meure pour que je m'en débarrasse.

Je posai la boite du violon sur la table devant elle en lui disant simplement : « C'est d'accord. »

Le violon

Chapitre 48

Je m'installai donc au mieux dans le fauteuil. Elle me fit face puis se mit à jouer.

L'extase n'est pas liée qu'à la seule musique. Vous le savez déjà. C'est un état étrange dont j'ignore la recette et si même il existe une recette. Je sais qu'elle existe. Je sais que je ne sais rien de plus.

Il n'y avait plus cet étrange état d'angoisse et de menace de la veille. Plus rien ne pouvait limiter mon voyage dans l'éther magique de la Beauté.

Elle joua tout l'après-midi, jusqu'à l'épuisement total. Ses pauses étaient juste marquées entre les morceaux. Elle devait jouer de la sorte lorsqu'elle était seule dans son cachot.

Elle s'arrêta à la fin d'un morceau et ne put poursuivre. Elle posa son violon dans l'armoire de ma chine hi-fi et faillit s'effondrer par terre. Je réussis à me lever à temps pour la récupérer dans mes bras.

Encore une fois, elle laissa échapper un « merci » des plus sincères avant de fermer les yeux et de se laisser tomber dans mes bras. Elle n'était pas évanouie. Elle m'avait pris par le cou. Je la soulevais donc, tout en regardant son visage d'ange ravi des beautés célestes les plus subtiles.

Le violon

Je décidai de l'asseoir dans le fauteuil. Elle se laissa faire.

Je lui installai les mains sur ses genoux juste couverts de ses collants. Elle m'empêcha de retirer les miennes en me prenant et entreprit de les maintenir sur ses genoux en les massant tout en me souriant tandis que je restais là, accroupi à ses pieds.

Elle finit par s'endormir. Je libérai mes mains avec la plus grande douceur pour pouvoir m'échapper sans la réveiller.

Je remontai au rez-de-chaussée pour commencer à préparer le repas.

Afin que le repas soit chaud, je n'achevai pas tout à fait avant de redescendre dans la cave. J'entrepris de préparer la table, posant couverts et assiettes avec précautions pour éviter de la réveiller.

Elle s'agita cependant, comme à l'orée du réveil.

Ayant terminé les préparatifs, je revins me mettre à genoux à ses pieds pour assister à son retour dans l'état de conscience.

Elle ouvrit les yeux. Elle me regarda avec gentillesse et, j'ose l'écrire, affection. Prenant mes mains posées sur l'accoudoir dans les siennes, elle

les posa de nouveau sur ses genoux juste couverts
d'un fin voile de lycra.

« Je sens que le repas est prêt : l'odeur
appétissante m'a sortie du sommeil » me dit-elle.

« Quand vous voudrez. »

« J'aimerais, auparavant... »

Elle n'acheva pas sa phrase. Elle posa
chacune de mes mains sur l'un de ses genoux, les
tenant par les poignets et appuyant dessus avec ses
avant-bras.

Puis elle entreprit de les guider dans un
mouvement de va et vient le long de ses cuisses,
repoussant toujours davantage le tissu de sa jupe.
Elle m'incita à lui caresser la totalité des cuisses
malgré le désagréable crissement de ma peau sur la
maille synthétique.

Toujours en me souriant, elle reposa ensuite
mes mains sur l'accoudoir et se laissa glisser toute
entière jusqu'à moi, sur le sol, avant de poser ses
mains sur mes épaules afin de me regarder dans les
yeux.

« Il y a autre chose que mourir que je
souhaite. Y consentez-vous ? »

« Ce sera la première fois selon des formes
aussi particulières » lui avouais-je.

Elle rit quelques secondes et retira son
chemisier puis son soutien-gorges. Posant mes
mains sur ses seins, elle m'accompagna pour les
masser.

Le violon

Je repris alors l'initiative.

Nous fîmes l'amour. Un bel amour. Un amour placé sous le signe de la Beauté.

Le soir, nous mangeâmes quasiment en silence, échangeant juste des œillades comme deux amants dans un lieu public.

Il est vrai que le violon nous regardait.

Chapitre 49

A la fin du dîner, elle rejoignit sa cellule, consentant juste, devant mon désarroi de la perdre pour la nuit, à me sourire une dernière fois avant de refermer sa porte.

Mais elle ne la claqua pas de suite. Elle la réouvrit et me lança simplement : « vous devriez aller chercher ce qu'il faut à votre cabinet pour tenir votre promesse, dès ce soir, avant d'oublier. J'ai besoin de dormir avant de vous faire de nouveau profiter de la Beauté. J'ai aussi besoin d'être rassurée sur votre fidélité à votre promesse. »

Puis elle referma, cette fois jusqu'au bout.

L'avertissement était clair.

Je me rendis donc à mon cabinet aussitôt, prenant soin de m'y rendre à pieds, de me vêtir de sombre et d'utiliser la porte arrière.

Dans le stock de la boutique, il y avait une zone réservée aux substances médicamenteuses et, au sein de celle-ci, un coffre fort fermé par une combinaison. Je l'ouvris et retirai du stock le nombre de doses nécessaires à l'euthanasie d'un animal d'une bonne soixantaine de kilogrammes. Je comptais les doses restantes.

J'avais une précaution à prendre avant de rentrer chez moi. J'allumais l'écran du serveur informatique et allai vérifier que le transfert des données de l'ancien système avait bien été réalisé dans le nouveau. Le stock faisait partie des informations transférées. Mais la vérification manuelle, obligatoire sur le plan fiscal, n'avait pas encore été réalisée et le stock initial n'était donc pas verrouillé. Je changeai la valeur pour le produit que j'avais emporté. La seule façon de découvrir que j'avais subtilisé ces quelques doses aurait été de comparer le stock entre l'ancien et le nouveau logiciel. J'ouvris alors l'ancien système et passai une écriture de sortie de stock pour dépassement de date de péremption, en prenant garde que l'opération ait lieu à une date où une autre sortie de stock avait eu lieu pour le même produit.

Je me rappelais ce jour là. La délicate petite boule de poil, si affectueuse qui, malgré ses douleurs atroces dues à un cancer en stade terminal, me léchait les mains tandis que je procédais à sa mise à mort. Une boule se forma dans ma gorge. Ce type d'opérations représente le cauchemar de mon métier.

Je ramenai le produit chez moi avec la seringue nécessaire pour l'administrer. Mais je me demandais si je pourrais, le moment venu, effectuer cette tâche sur la messagère de la Beauté. Même si elle me suppliait.

Chapitre 50

En fait, ce fut avec un parfait détachement, comme s'il s'agissait d'une corvée domestique qu'il convenait d'effectuer dans les règles de l'art, que le sujet de sa mise à mort revint à tous les repas dans sa bouche. J'étais le plus gêné de nous deux lorsque nous discutions de l'opération. Durant la semaine, nous mîmes au point les moindres détails.

Elle voulut voir le produit et la seringue, lire la notice... Elle calcula rapidement la dose nécessaire à partir des indications portées puis me rendit l'ensemble en me disant sur un ton de reproche : « vous croyez que j'ai grossi à ce point ? »

Devant ma bouche bée, elle éclata de rire, ajoutant à ma consternation. Je n'eus pas le loisir de lui présenter des excuses ou de lui expliquer qu'il convenait d'avoir une certaine marge de sécurité.

Mais elle tint parole et me fit partager la Beauté chaque jour. Nous fîmes l'amour plusieurs fois, toujours dans la cave dont elle ne sortit plus avant le dernier soir.

Moi, au contraire, j'allais à plusieurs reprises faire quelques courses, que ce soit pour nous alimenter ou bien pour préparer le dénouement de notre histoire commune. J'eus également à faire quelques balades dans les bois autour de notre ville, muni d'une carte d'état major et d'un crayon pour effectuer des marques utiles. De retour en sa compagnie, je lui montrais le résultat de mes repérages. Elle choisit l'endroit, suffisamment à l'écart mais assez accessible pour mon véhicule et, détail cocasse, muni d'une charmante vue sur une petite vallée où courait une jolie rivière.

Le samedi soir, je fixai le menu avec son accord dans une réelle optique de célébration : des filets de truites au beurre citronné, de la compote de pommes et poires à la cannelle avec du vin blanc frais. Nous achevâmes par une demi-bouteille de champagne brut. « Je préfère cela à de la drogue » déclara-t-elle, un sourire aux lèvres.

Puis elle retourna dans son cachot pour y ranger toutes ses affaires dans son sac de voyage ainsi qu'un autre que je lui avais acheté tout exprès pour contenir les vêtements que je lui avais offerts. Nous rangeâmes et nettoyâmes l'endroit à quatre mains, le remettant dans l'état où il était un an plus tôt. Tout ce que j'y avais amené revint à son emplacement d'origine, à l'exception du matelas lui servant de lit puisque je l'avais déjà remplacé.

J'allais le porter dans la voiture, le coinçant à la place du siège passager abaissé et le laissant couvrir la banquette arrière. Je mis le matériel utile dans le coffre où je rangeais également les sacs de voyage contenant toutes ses affaires.

Elle réalisa un ultime concert pour moi jusqu'à minuit. Nous avions convenu de partir à ce moment là.

La Beauté devint tragique et n'en fut que plus parfaite. Elle transfigurait mon invitée dont l'extase atteignait les mêmes sommets que la mienne.

Puis elle rangea son violon dans sa boite, l'emportant avec elle. Elle garda dans l'une de ses poches la seringue et le produit. Puis elle se glissa sur la banquette arrière, sous le matelas, s'y réfugiant et s'y dissimulant.

Je conduisis lentement et en prenant garde d'éviter les à-coups. Je ne voulais pas que ma passagère soit malade.

Ma voiture s'arrêta à l'endroit approprié. Je fis descendre ma passagère qui alla inspecter l'emplacement que je lui avais décrit. Elle en fut satisfaite et m'aida à débarquer tout le matériel.

Nous posâmes le matelas à plat sur le sol puis nous entreprîmes de creuser un trou suffisant. Tandis que nous manions chacun notre pelle, cherchant l'un comme l'autre à ne pas montrer moins de courage que notre camarade de corvée, nous gardâmes un silence total. Ce fut un moment recueilli et sinistre. Comme un enterrement. C'était un enterrement.

Nous n'étions éclairés que par la lune et une lampe de camping. La faible luminosité n'ajoutait pas de joie.

Une fois cette partie du travail achevée, nous jetâmes le matelas au fond du trou afin qu'il y repose bien à plat et nous descendîmes tous les deux dans la fosse.

« C'est le moment de se dire adieu » me dit-elle en me donnant la seringue et le produit.

Je préparai la seringue.

Elle vint se blottir dans mes bras.

« Je ne compte pas vous lécher les mains comme le dernier animal que vous avez accompagné... »

Je me surpris à sourire.

Je tenais la seringue dans une main tandis que mes bras l'enlaçaient. Elle sentit une hésitation dans la trajectoire. Elle me regarda dans les yeux d'un air sévère.

« Il n'y a de dose que pour une seule personne. »

Elle attrapa ma main et la dirigea vers son ventre. Elle déglutit, regarda au loin, dans l'infini derrière moi, et enfonça l'aiguille profondément dans son abdomen. Je trouvais la force d'appuyer sur le piston.

Elle prononça distinctement « merci » puis s'écroula.

Je la retins dans mes bras. Je respirais fort et je sentais des larmes envahir mes yeux. Cependant, il fallait que j'achève mon œuvre.

Je la couchais sur le matelas, lui allongeant les jambes, lui fermant les yeux et la bouche. Je lui rassemblai les mains sur la poitrine. Avant de ressortir de la fosse, j'attrapai sur son bord les deux sacs de voyage et la boite du violon. J'installai l'ensemble autour d'elle. Je sortis le violon de sa boite pour lui mettre dans les mains.

Une fois satisfait de la disposition des lieux et des objets, je grimpai à la surface et commençai à jeter les pelletées de terre. L'effort nécessaire m'empêcha de trop penser. Je fis en sorte que rien ne puisse faire penser à la présence d'une tombe.

Le violon

Chapitre 51

Je repris ma vie comme un an auparavant. Il y avait eu une parenthèse de quatre saisons. Nul ne s'aperçut de quoi que ce soit.

Mes amies revinrent faire l'amour dans mon lit, à l'étage d'une maison où tout cela avait eu lieu sans jamais n'en rien savoir.

Je parvins à donner un change parfait, dissimulant mon initiation comme si j'étais entré dans quelque secte infâme. Finalement, je suis bon acteur.

C'est dans le secret de ma cave que je continuais d'adorer la Beauté. Je disposais des disques et de mes souvenirs.

C'est là aussi que j'écrivis ces lignes, sur mon ordinateur.

Le plus abominable, dans mon aventure, fut les quatre saisons qui suivirent la séparation physique des destins de mon invitée et de ma propre personne. Comme je l'ai déjà dit, j'ai eu besoin d'écrire ce qui était arrivé, pour comprendre, pour me remémorer, pour tenter de jouir de la Beauté. En grande partie, ce fut un échec.

Je ne sais pas si je suis parvenu à bien la comprendre. Sans doute davantage que lorsque nous nous sommes séparés. Mais vouloir ainsi quitter le culte de la Beauté me paraît aujourd'hui encore un sacrilège, une infamie, une apostasie. Cela mérite en effet la mort. Et la mort en était le seul moyen, du reste.

Durant cette longue année, j'ai dû me passer de la réelle Beauté. Bien sûr, en retraçant ce qui m'était arrivé en sa compagnie, mes souvenirs se sont précisés. Sans doute ai-je oublié beaucoup de détails. Mais ces détails demeurent sans importance. La mémoire est sélective.

J'ai échoué à conserver la Beauté par devers moi. Je possédais des disques. J'entrepris de les écouter dans les meilleures conditions possibles. Je pouvais retrouver comme un ersatz de ce que j'avais connu en compagnie de mon invitée. Mais le seul souvenir de la Beauté était insuffisant à la faire revivre.

Au cours de cette année écoulée, j'ai tenté de multiplier les expériences, assistant à pratiquement tous les concerts donnés dans la ville qui auraient pu me donner une chance de retrouver l'extase sainte. Nul orchestre, nul quatuor, nul soliste, homme ou femme, ne parvint jamais à me refaire vivre ce que je savais désormais possible, ce dont je connaissais l'existence.

Jadis, je ne connaissais pas mon bonheur et je n'étais donc pas malheureux. Désormais que j'avais goûté au paradis, les plaisirs qui me satisfaisaient auparavant me frustraient par leur médiocrité.

Sa vengeance résidait peut-être là. Si jamais elle avait voulu se venger. Peut-être, plutôt, devait-on y voir la punition infligée par la Beauté, déesse pudique et jalouse, à un homme qui avait violé son sanctuaire. Un homme incapable de contribuer à produire de la beauté. Un homme se contentant de jouir de la beauté que d'autres lui délivraient. Un homme indigne. Un homme désormais malheureux. Un homme désormais maudit.

Ce soir, j'ai mangé des filets de truites au beurre citronné, de la compote de pommes et poires à la cannelle et du vin blanc frais et j'ai conclu par une coupe de champagne brut. Il est bientôt minuit. Je vais imprimer les dernières pages, complétant ainsi les impressions précédentes, envoyer un exemplaire à mon notaire et aller enterrer l'autre, dans un sac de plastique contenu dans une boite de métal, à un endroit que je suis seul à connaître et où repose mon initiatrice. Je prendrai les précautions nécessaires pour que l'endroit reste secret, que nul ne le découvre par accident.

Si son sanctuaire est malgré tout un jour découvert, je veux que l'on trouve en premier ce récit. Et je veux lui remettre ainsi une dernière offrande.

C'est une manière -la seule que je crois possible- de la remercier de m'avoir initié. Même si ce trésor s'est révélé être une malédiction.

En quittant mon cabinet après avoir pris dans l'armoire forte ce qu'il fallait, je n'ai pas truqué mon stock. C'est une précaution inutile désormais.

La rivière coule à ses pieds, en bas d'une falaise.

Cela fera l'affaire.

Table des matières

CHAPITRE 1...7
CHAPITRE 2...11
CHAPITRE 3...17
CHAPITRE 4...27
CHAPITRE 5...29
CHAPITRE 6...33
CHAPITRE 7...39
CHAPITRE 8...41
CHAPITRE 9...43
CHAPITRE 10...47
CHAPITRE 11...51
CHAPITRE 12...55
CHAPITRE 13...59
CHAPITRE 14...63
CHAPITRE 15...71
CHAPITRE 16...75
CHAPITRE 17...79
CHAPITRE 18...83
CHAPITRE 19...87
CHAPITRE 20...91
CHAPITRE 21...95
CHAPITRE 22...99
CHAPITRE 23...105
CHAPITRE 24...109
CHAPITRE 25...117
CHAPITRE 26...121
CHAPITRE 27...125
CHAPITRE 28...129
CHAPITRE 29...133
CHAPITRE 30...139
CHAPITRE 31...143

Le violon

CHAPITRE 32...145
CHAPITRE 33...147
CHAPITRE 34...153
CHAPITRE 35...155
CHAPITRE 36...165
CHAPITRE 37...167
CHAPITRE 38...171
CHAPITRE 39...173
CHAPITRE 40...177
CHAPITRE 41...181
CHAPITRE 42...185
CHAPITRE 43...187
CHAPITRE 44...191
CHAPITRE 45...193
CHAPITRE 46...201
CHAPITRE 47...211
CHAPITRE 48...215
CHAPITRE 49...219
CHAPITRE 50...221
CHAPITRE 51...227

Printed in Great Britain
by Amazon

27400311R00129